E-Z DICKENS SZUPERHŐS HARMADIK KÖNYV
PIROS SZOBA

Cathy McGough

Stratford Living Publishing

Tartalomjegyzék

Azok számára, akik hisznek...

"A hős olyan hétköznapi ember, aki erőt talál ahhoz, hogy kitartson és kitartson az elsöprő akadályok ellenére."

Christopher Reeve

PROLÓGUS

Két év TELT EL, és december elseje volt, E-Z tizenötödik születésnapja. Annak ellenére, hogy kint jéghideg volt, és körülöttük hópelyhek zúgtak, ő, a családja és a barátai ragaszkodtak ahhoz, hogy a buliját kint tartsák, ahol tábortüzet raktak, hogy melegen tartsák őket, és grilleztek.

Most, hogy Samantha és Sam összeházasodtak, a Dickensek háztartása még jobban el volt foglalva. Soha nem volt unalmas pillanat, amikor a barátok meglátogatták őket.

Sam és Samantha esküvője egy kis szertartás volt, amelyet az anyakönyvi hivatalban tartottak. Lia volt a koszorúslány, E-Z volt a tanú, és Alfréd, a hattyú trombitás volt a gyűrűhordozó.

Lia kigúnyolta Alfrédot, mert csak egy tengerészkék csokornyakkendőt viselt, semmi mást. Alfrédot nem zavarta ez a figyelem, hiszen tudta, hogy jó társaságban van másokkal, például volt brit miniszterelnökökkel.

"Ha a nagy Winston Churchill úgy gondolta, hogy egy csokornyakkendő elég jó neki, akkor nekem is elég jó!" mondta Alfréd.

"Ő is szívott egy nagy, kövér szivart!" mondta E-Z. "Nagyon remélem, hogy te nem kezdesz el szívni egy olyat is."

Lia kuncogott.

"Kész a steak!" Sam szólt. "Ha szereted őket nyersen, gyere értük most."

Csak Samantha lépett előre, a tányérját készenlétben tartva. "A fiad ma nyers húsra vágyik" - mondta, és megsimogatta a hasát.

"Amit a fiam akar, azt megkapja" - mondta Sam, és egy steaket emelt a felesége tányérjára. Megbökött a közepébe, miközben a férje egy sült krumplit és néhány szál spárgát tett mellé.

Samantha a spárgát rágcsálta, miközben a piknikasztalhoz lépett. Alaposan megtervezte E-Z születésnapját, és sok időt töltött azzal, hogy magát az asztalt is feldíszítse Boldog születésnapot témájú tárgyakkal. Leült, és félbevágta a sült krumplit, majd tejfölt, metélőhagymát, vajat és néhány csipet sót tett hozzá.

E-Z, Lia, Alfréd, PJ és Arden a helyén maradt, mert a tűzrakóhely közelében többnyire melegebb volt. Sam bácsi nem szerette, ha az emberek ott ténferegtek, amikor ő a grillsütővel foglalkozott, ezért nem álltak az útjába. Emellett mindannyian szerették a jól elkészített karót, és ez lehetőséget adott arra is, hogy egyedül beszélgessenek és bepótolják a lemaradásukat.

"Mit gondolsz a szuperhősös honlapunkról?" Kérdezte E-Z.

PJ és Arden egymásra néztek, majd megvonogatták a vállukat.

"Gyerünk" - mondta E-Z. "Mit gondoltok róla valójában? Tudom, hogy megnéztétek az oldalt, mert Sam bácsi segített megnézni az adatokat. Fogalmam sem volt róla, hogy ennyi információt megtudhatunk, például azt, hogy kik látogatják az oldalunkat, mennyi ideig maradnak, mit néznek. És felismertem az IP-címeket. Szóval, mondjátok el, mit gondoltok erről?"

"A teljes igazság? Mindenféle akadály nélkül?" PJ érdeklődött.

"Brutális igazság?" Arden hozzátette.

"Igen" - hízelgett E-Z. Suttogásra halkította a hangját. "Sam bácsi kiváló munkát végzett. Mégis, nem a megfelelő célközönséget célozzuk meg, mivel alig van forgalom. Rajtatok és egy Franciaországban található IP-címen kívül alig volt találatunk.

"Néhány ember, mint ti, visszajöttek és megnézték az oldalt néhányszor, de nem maradnak sokáig. Sam bácsi azt javasolta, hogy talán indíthatnánk egy hírlevelet, feliratkozhatnának az emberek, és küldhetnénk nekik frissítéseket, de nem tudom. Manapság mindenki hírlevelet készít, és ez rengeteg munkának tűnik. Sam bácsi megmutatta, hogy már vagy ötvenre feliratkozott!

"Ami a segítségkéréseket illeti - ami az egész oka annak, hogy elindítottuk a honlapot -, eddig csak olyan dolgokat kértek tőlünk, amiket a helyi hatóságok, például a rendőrség és a tűzoltóság intéz. Nem tetszik az az elképzelés, hogy mi egy fán lévő macskát rohanunk megmenteni, és a tűzoltóság teljes felszerelésben jelenik meg, hogy ugyanezt a feladatot elvégezze. Ez nem hatékony számukra és számunkra is. És kínos, amikor pont akkor jönnek, amikor mi befejezzük a munkát. Az ő idejük értékes - minden nap életeket mentenek. Ez tiszteletlenségnek tűnik, ha érti, mire gondolok? Életeket mentenek, és huszonnégy órán át készenlétben vannak.

"Szerintem olyan kérésekre van szükségünk, amelyek kívül esnek a birodalmukon, így nem pazaroljuk az idejüket, és nem nehezítjük meg a munkájukat, mint amennyire amúgy is megnehezítjük. Elnézést a hosszúra nyúlt beszédért, de, ha belegondolok, mi mindent tettek, a szüleim balesete után..."

PJ és Arden közel hajoltak egymáshoz, és suttogva beszéltek. Nem akarták megbántani Sam érzéseit - elvégre nem voltak szakértők -, és nem akarták megkockáztatni, hogy meghallja őket, és ropogósra égeti a steakjüket.

"Uh, teljesen megértettük, mire gondolsz - mondta PJ. "Különben is, a rendőrség és a tűzoltók alapvető szolgáltatásokat nyújtanak, és azért fizetik őket, hogy embereket mentsenek. Míg ti önkéntesek vagytok."

"Szóval, a honlapjuk, és az online jelenlétük a közösségi médiában más, mint amilyennek a tiétek kellene lennie" - mondta Arden. "És rengeteg személyzetük van, sok szinten, hogy mindent karbantartanak és naprakészen tartsanak."

"Míg a ti oldalatoknak, valami szuperhősösebbre van szüksége - ha ez egyáltalán egy szó - és kevésbé cégesre. Mint a legendák, azok, akiknek a nyomdokain jársz. Nézz meg néhány nekik létrehozott weboldalt - és ők kitalált karakterek. Képzeljék el, mit tehetnénk, ha követnénk a példájukat" - mondta Arden.

"Mint például? Tudom, hogy van néhány ötletetek, osszátok meg" - mondta E-Z.

"Nos, ahogy azt már kitalálhattad, csináltunk egy kis brainstormingot ketten. És összeraktunk egy bemutató weboldalt - ez még nem élő, és nem is lesz az, amíg jóvá nem hagyod -, hogy milyen lehetne a honlapod. A telefonomon van. Nézze meg, hogy mire gondolunk, és gondolkodjon el a lehetőségeken, mivel ezt elég gyorsan elkészítettük." PJ megnyomta az indítást. A Hármak odahajoltak.

A képernyőn először a következő felirat jelent meg: "Üdvözöljük a Hármak szuperhős weboldalán". Aztán ráközelített E-Z-re animált formában. A kerekesszékében ült, ahogy az ember elvárná, fekete pólót, kék farmert és egy pár futócipőt viselt.

E-Z megsimogatta a haját, amikor meglátta, hogy a szőke hajának közepén lévő fekete csík mennyire üvegbúra-szerű. Soha nem tudta megszokni.

"Mi az, a pólómon, a farmeromon és a cipőmön? Ez egy, logó? És hogy csináltál belőlem rajzfilmet?"

"Igen, ez egy logó. Úgy gondoltuk, hogy az angyalszárny menő és megfelelő" - mondta Arden.

"Egy applikációt használtunk, hogy karikatúrát csináljunk belőled" - mondta PJ. "Csináltunk egy kis szerkesztést, a karodon. Remélem, nem vittük túlzásba."

E-Z's közelebbről is megnézte, ahogy önmaga animált változata keresztbe fonta a karját. Most a meglehetősen vaskosabb alkarjai keltették fel a figyelmét, és az arca kipirult. Úgy nézett ki, mint egy pongyola, egy pózoló. A barátai tényleg úgy gondolták, hogy így jobban néz ki? Összerezzent, amikor E-Z a képernyő szárnyain megjelent. A levegőben lebegett, és mutatott.

Ez volt az első bemutatkozás Lia számára. Ő is animált formában érkezett. Lia tetőtől talpig lila kezeslábasba volt öltözve, tütüvel. Szőke haja szoros lófarokba volt felfogva, a szeme fölött pedig egy lila napszemüveg volt. Ruganyosnak, barátságosnak és aranyosnak tűnt, ahogy végigsétált a képernyőn. Megfordult és megállt, mint egy modell a kifutón, és pózolt.

E-Z gúnyolódott; nem tehetett róla.

"Hát, legalább nem úgy nézek ki, mint egy pózoló műizmokkal!" - mondta.

E-Z nem fűzött megjegyzést hozzá.

Animált Lia előre nyújtotta a karját, tenyérrel a föld felé. Aztán, voilá, megfordította őket. A tenyerében lévő bal szem kinyílt, majd a jobb is. Szinkronban pislogtak. Lia megtartotta a pózt, majd fütyült az ujjain keresztül.

"Bárcsak tényleg tudnék ilyet csinálni!" - mondta, és megpróbálta utánozni önmaga megelevenedett változatát.

E-Z füttyentett.

"Mutasd magad" - mondta, és könyökölt a férfi felé.

Ekkor Kis Dorrit jelent meg a képernyőn. Elegáns és nőies volt, és olyan fehér, mint a hó. Az egyszarvú odarepült Liához, leszállt, és lehajtotta a fejét, hogy a kislány megsimogathassa. Lia felpattant, és Kis Dorrit E-Z mellé repült. Lebegtek, majd elfordították a fejüket.

Ez volt Alfréd jelszava. Rajzfilm alakjában élénk narancssárga csőre csillogni látszott a fényben. Szemben állt a cukorkavörös csokornyakkendőjével. Ahogy Lia és E-Z felé sétált, úszóhártyás lábai úgy csattogtak, mintha tapadókorongok lennének.

"Az én lábam nem ad ilyen hangot!" mondta Alfréd.

"Uh, de igen" - mondta E-Z vigyorogva, miközben Alfréd a képernyőn széttárta a szárnyait, és a két társa mellé repült.

A Hármak pózoltak. E-Z középen állt szemben, Lia balra, Alfréd jobbra. Aztán megtörtént. A Hármak - vagyis Lia és E-Z felemelték a hüvelykujjukat. Alfréd a maga részéről egy szárnyat felfelé mutató gesztust tett.

"Ez kínos - suttogta E-Z Alfrédnak.

"Ne viccelj!"

"Shhhh" - mondta Lia, miközben a képernyőn beindult a hangosbemondás. Arden hangja volt az, de a hangszíne mélyebb volt. Úgy hangzott, mint egy vetélkedő műsorvezetője.

"Ha szuperhősre van szükséged... E-Z, Lia és Alfred - más néven a Hármak - a nap huszonnégy órájában, a hét minden napján a rendelkezésedre állnak. Hívja a ***-***-**** telefonszámot, vagy küldjön üzenetet a közösségi médián keresztül.

Ha szükséged van valakire, aki segít neked... Hívd a Hármast! Ők ott lesznek neked... azonnal. Számíthatsz rájuk... mert ők a legjobbak, akikkel találkozhatsz. Napi huszonnégy órában, a hét minden napján...az elégedettség garantált."

"És most jöjjön a nagy befejezés - mondta Arden.

A Hármak keresztbe fektették a karjukat a mellkasukon. Alfréd összefonta a szárnyait.

"Ööö, ez nem lehetséges" - mondta Alfréd.

"Shhhh" - mondta Lia.

Mindegyikük állát egymás után előrenyomva A Hármak pózba álltak.

PJ szünetet nyomott.

"Figyelembe véve, amit a joghatóságokról mondtál, lehet, hogy változtatnunk kell ezen a részen" - mondta. Megnyomta a start gombot.

"Nincs túl nagy vagy túl kicsi feladat számunkra!" E-Z hangjának számítógépes változata szólalt meg.

Aztán a képernyő közepén egy kör körbe-körbe járt, mintha a wi-fi próbálna jelet találni. Most a BAM! szó töltötte ki a képernyőt. Aztán a SOCKO!

Nézték, ahogy E-Z megment egy macskát, aki magasan egy fán ragadt.

"Ó, testvér" - mondta.

Az animációs karakterének hangja folytatta.

"Mi vagyunk a Három
Mi vagyunk itt neked!
Egy fán rekedt macska...
Leszedjük neked!"

E-Z-t mutatták, amint átadja a megmentett macskát egy családnak.

"Uh, ez soha nem történt meg" - mondta.

"Mi, uh, egy kicsit költői szabadságot vettünk igénybe" - ismerte el Arden.

"Bármit meg tudunk javítani, ami nem tetszik" - mondta PJ.

Most újra megjelent a kör a képernyőn, és körbe-körbe járt. Amikor megállt, a képernyőre a BUMM! Ezt követte a ZIP!

A képernyőn animált E-Z megmentett egy utasokkal teli repülőgépet. Ahogy letette a gépet, a kifutópályán várakozó több száz néző tapsolt.

"Na, ez már jobban tetszik" - mondta.

"Pszt - mondta Lia.

A képernyőn E-Z azt mondta,

"Mert mi a barátaid vagyunk!

A szolgáltatásaink ingyenesek.

24/7

Mert mi vagyunk a Hármak!"

Ismét körbe-körbe. Ezt követi a BINGO! És BAM!

Most a hullámvasutas mentést animált formában újraalkották. Nagyon jó volt. Annyira pontos, hogy érezni lehetett a cukorka és a karamellás kukorica illatát.

"Oh!" mondta E-Z.

Lia megtapsolta.

Alfréd úgy rázta a nyakát ide-oda, mintha nemrég nagyon hideg vízzel permetezték volna le.

"Imádom!" Mondta Lia. "És köszönöm, hogy a kedvenc színemet is belevetted. Honnan tudtad?"

"Észrevettem, hogy gyakran viseled" - mondta PJ. Az arca kipirult. "Nagyon örülök, hogy tetszik."

"Mit gondolsz, E-Z?" Arden megkérdezte.

Alfréd E-Z irányába pillantott.

"Ez uh - mondta E-Z -, "uh... jó próbálkozás volt".

"Kész a vacsora, gyertek érte!" Sam kiáltott.

"Hadd menjen a szülinapos fiú először" - mondta Samantha.

E-Z átkelt az udvaron, Alfreddal együtt.

"Tökéletes időzítésről beszélünk" - mondta.

"Ja, azok ketten még mindig töketlenek" - válaszolta Alfred.

"De a szívük a helyén van. Okos ötlet, csak nekünk egy kicsit túlzás."

"Egy kicsit?" Alfred felsikoltott.

"Oké, egy kicsit, de azért megpróbálták. Megtarthatjuk, ami tetszik, a többitől pedig megszabadulhatunk."

Amikor mindenki megkapta az ételét, leültek a piknikasztalhoz, és ettek. Az égbolt megváltozott, és fényes csillagok töltötték meg körülöttük az eget. Megették magukat, aztán Samantha kihozta a születésnapi tortát, amit sütött, és mindenki elénekelte a "Boldog születésnapot!"-ot.

"Beszédet! Beszéd!" Arden dorgálta, és hamarosan mindenki csatlakozott.

E-Z néhány másodpercig elgondolkodott.

"Köszönöm, hogy különlegessé tettétek a tizenötödik születésnapomat. Szeretnék egy percet szánni arra, hogy megemlékezzek anyukámról és apukámról, és hogy megosszam veletek egy születésnapi emlékemet. Ha nem gond? Ígérem, nem leszek nyálas."

Mindenki bólintott.

Samantha, aki mióta terhes lett, mindig nyálas volt. Legyen szó boldog vagy ült könnyekről, letörölt egyet, mielőtt még elkezdte volna. "Jól vagyok - mondta, miközben Sam átkarolta.

"Az ötödik születésnapomon történt. Nem akartam bulit, és inkább filmet kértem. Ahelyett, hogy megnéztük volna az újságban, hogy megtudjuk, mi van a műsoron, úgy döntöttünk, hogy egyszerűen felkerekedünk, és a helyszínen eldöntjük, mit nézzünk meg. Azt mondták, hogy én választhatok, hiszen én voltam a szülinapos."

Egy pillanatra lehunyta a szemét.

Már ott volt a színházban. Ott volt anya, teljesen rétegesen, egy parkába öltözve. Fülvédőt viselt, és dörzsölgette a kezét, ahogy mindig is szokta. Anya mindig kesztyűt viselt, és panaszkodott, hogy fáznak az ujjai.

Apa a térdig érő kék kabátját viselte farmer fölött. Nem szeretett sapkát viselni a városban, mert az összekócolná a haját. A kezén nem volt kesztyű. A kabátja zsebébe dugta a kulcsaival együtt.

E-Z beleszimatolt a levegőbe. Érezte a vajas popcorn illatát a moziban, várta, hogy bemenjenek és rendeljenek.

A plakátokat nézegették.

"Mi van azzal?" - kérdezte az anyja.

"Nem, E-Z azt jobban szereti?" - mondta az apja.

Újra kinyitotta a szemét.

Ahelyett, hogy az udvaron lett volna a családjával és a barátaival, ismét a silóban volt - megint. Azóta nem járt ott, hogy az arkangyalok felbontották a megállapodásukat.

"Boldog születésnapot!" - kiáltotta a hang a falban.

Egy panel nyílt ki a mellette lévő falban, és egy muffin pattant ki belőle. A tetején ez állt: "Boldog születésnapot, E-Z". A közepén egyetlen gyertya volt, amely már égett.

"Jó étvágyat!" - mondta a hang, és egy kést és villát ejtett a mellette lévő asztalra.

"Ööö, köszönöm" - mondta. "Miért vagyok itt?"

"A várakozási idő négy perc" - mondta az idegesítő hang. "Kérem, maradjon ülve."

Mintha lett volna más választása.

1. FEJEZET

SZÜLETÉSNAP MEGSZAKADT

E-Z NEM NYÚLT AZ előtte ülő süteményhez, bár az jól nézett ki és jó illata volt. Kíváncsi volt, mi folyik a bulijában. Legalábbis tudta, hogy addig nem vághatják fel a tortát, amíg el nem fújja a gyertyákat, és nem kíván valamit. Valami születésnapi buli otthon, amikor ő ott sem volt!

"Vigyetek ki innen!" - kiáltotta. "Lemaradok a saját tizenötödik születésnapi bulimról, és épp mesélni akartam".

A siló teteje felnyílt, és Eriel úgy száguldott felé, mint villám a viharban.

"Jó újra látni téged, egykori védenced" - mondta.

"Az érzés nem kölcsönös. Miért vagyok itt? Azt hittem, végeztem veletek, és ma van a születésnapom - vissza kell térnem."

"Igen, elnézést kérek az időzítésért - de nem hagyhattuk elmúlni a születésnapodat anélkül, hogy legalább jót ne kívánnánk neked".

"Uh, köszönöm, azt hiszem."

"És ha már itt vagy, miért nem veszel részt a születésnapi süteményedben? És ne felejts el kívánni - minden segítségre szükséged lesz!" - mondta az arkangyal kuncogva.

E-Z mellett kinyílt egy ablak, és egy mechanikus kar jött ki rajta, kezében egy meggyújtott gyufával. Meggyújtotta a kanócot, majd olyan gyorsan visszahúzódott a falba, hogy a gyufa magától kialudt. E-Z a pislákoló gyertyára nézett. Elgondolkodott, vajon mit jelenthetett az utolsó megjegyzés, de úgy gondolta, Eriel csak fel akarja húzni. Az agya üresre váltott. Nem jutott eszébe semmi, amit kívánhatott volna. Azon kívül, hogy újra a házban volt a barátaival és a családjával, és a születésnapját ünnepelte. Ahogy elfújta a gyertyát, Eriel dalra fakadt. A "Mert ő egy vidám, jó fickó, amit senki sem tagadhat le" című dalt adta elő.

"Ne vedd sértésnek - mondta E-Z -, de neked a Boldog születésnapot kell énekelned".

"A gondolat számít" - mondta Eriel. "Most, hogy befejeztük a látogatásod születésnapi részét, szeretnénk tudni, hogy megoldottad-e már a rejtvényt?"

"Rejtvényt? Milyen rejtvényt?"

"Igen, azt javasoltuk, hogy próbálj meg kapcsolatot teremteni - a múltbeli próbáidban. Emlékszel, amikor azt mondtuk, hogy nem akarunk téged kanalazni? Sikerült már ezt megtenned?"

"Ó, ez nem tűnt prioritásnak vagy rejtvénynek, amit meg kellene oldanom, főleg, hogy visszautasítottad az ajánlatodat. De igen, írtam a jegyzetfüzetembe, feljegyeztem az eddig elért dolgokat, és kiszúrtam néhány kapcsolatot a játékkal, de ezek pusztán véletlenek voltak."

"Véletlen! Egyáltalán nem. Az események összefüggnek - ezt bárki láthatja!" Eriel halkan szólalt meg, hogy ne veszítse el a türelmét.

"Uh, bocsánat, de véletlen egybeesések mindig előfordulnak. Tudod, hány gyerek játszik számítógépes játékokkal? Utánanéztem a neten. A 2011-es adatok szerint a két és tizenhét év közötti gyerekek kilencvenegy százaléka minden egyes nap játszik. Ez körülbelül hatvannégymillió gyereket jelent világszerte."

"Á, szóval rátaláltál a lényegre. Az jó. Van még valami, amire rájöttél ezzel kapcsolatban? Vagy bármilyen aggodalomra ad okot? Bármilyen ok, amiért további kutatásokat kellene végeznie - a kutatás jó. A kezdeményezés nagyon, nagyon, nagyon jó."

"Nem. Eléggé elfoglalt vagyok, más dolgokkal - iskola és miegymás. Különben is, ha azt akarod, hogy tovább kutassak - először is meg kell győznöd, hogy ez több mint véletlen egybeesés. Megnéztem még néhány statisztikát. Például több lány játékos van, mint valaha. Sokan vállalkozást hoztak létre a YouTube-on, és ebből élnek. Persze nem gyerekek, de a statisztikákból, amiket a neten olvastam, 2019-től a játékosok negyvenhat százaléka lány."

Eriel hosszú, csontos ujjával az állára koppintott, mintha elgondolkodna azon, amit E-Z mondott neki. "Á, megint le vagyok nyűgözve. Nem találja aggasztónak ezeket a statisztikákat?"

"Uh, nem, nem tartom." Mélyet lélegzett, elveszítve a türelmét a születésnapja elmaradása miatt. "Fontos, hogy ezt ma csináljuk? Nem tudnál máskor visszahozni ide? Semmi sem hangzik kritikusnak, amiről beszélünk."

Eriel abbahagyta a kopogtatást, és a jobb szemöldöke felszaladt. A születésnapos fiúra pillantott.

"Vagy mégis?" Érdeklődött E-Z.

Eriel várt, mielőtt válaszolt volna. A nyelvével körbetekerte a szavakat, mintha nehezen tudta volna kivenni őket. Hangját szopránra emelte, és így szólt: - An-y-thin-g el-se a-bou-t tho-se t-wo in-ci-de-nts? An-y-thin-g to ca-use a-l-a-rm? To s-et a f-ire un-der you?"

E-Z azt kívánta, bárcsak Eriel kibetűzné, és a lényegre térne. Nem akarta zavarba hozni magát azzal, hogy kimondja a nyilvánvalót, vagy azzal, hogy téved.

"Raffaellónak igaza volt, te eléggé ostoba vagy."

"Hé!" Kiáltott fel E-Z. "Ha szükséged van a segítségemre, akkor nagyon furcsa módon próbálod megszerezni." Végigsimított az ujjával a muffin cukormázán, és megszívta az ujját. Jó íze volt, mint a vattacukornak. "Gyilkolás. Az egyik megpróbált megölni engem, a másik pedig embereket ölt egy boltban. Mindketten azt mondták, hogy az indítékuk a játékhoz kapcsolódik."

"Telitalálat" - mondta Eriel.

"És?"

"Mindegy!" Eriel eltűnt a mennyezeten keresztül, és azt énekelte: "Vastag, mint egy tégla, vastag, mint egy tégla, vastag, mint egy tégla".

E-Z a levegőbe emelte az öklét. "Gyere vissza ide, és mondd ezt a képembe!"

Eriel nevetése felharsant, visszaverődve a falakról.

PFFT.

"Uh, köszönöm" - mondta E-Z, majd újra otthon találta magát, a bulijában. Mindenki elfoglalt volt, játszottak, a saját dolgaikkal foglalkoztak - mintha ő ott sem lett volna - pedig nem is volt ott.

Figyelte, ahogy Sam sorra vette a létrák labdáját. Nem volt ebben különösebben jó, de E-Z mégis odament hozzá, és megnézte a második próbálkozását. Miután befejezte a dobást, és teljesen eltévesztette a célt, odament az unokaöccse mellé.

"Látom, még mindig azon dolgozol, hogy elsajátítsd ezt a játékot - mondta E-Z.

"Igen, ez egy szerzett tehetség. Egyébként hová mentél?"

"Eriel többek között boldog születésnapot akart kívánni nekem".

"Uh, ez kedves volt tőle. Ugye?"

"Hát, ismered Erielt. Soha nem tesz semmit indíték nélkül. Ebben az esetben azt akarta, hogy egy emlék alapján kapcsolatot teremtsek."

"Egy emlék mire? A szüleidről? A baleset?":

"Nem, azt akarta, hogy kapcsolatot teremtsek két felbujtó között. Amit egyébként meg is tettem. Aztán elment, mondván, hogy vastag vagyok, mint egy tégla."

"Milyen bunkó!" Lia felkiáltott. Azóta hallgatta a beszélgetést, amióta a labdadobálós játéktól halálra unta magát.

"És ráadásul a születésnapodon" - mondta Alfréd. Ő még reménytelenebb volt, mint Sam, mivel a csőrével kellett dobálnia a labdákat.

"Akarod kipróbálni?" PJ megkérdezte, és átadta a labdát E-Z-nek, aki átállította a székét a céltábla elé, majd eldobta a labdát. Az eltalálta a felső lépcsőfokot, néhányszor megpördült, és a prémiumhelyen landolt.

"Így kell ezt csinálni!" Mondta Sam.

"PJ és én egész meccsen ilyen dobásokat dobtunk" - mondta Arden.

"Á, de te nem vagy az unokaöcsém" - felelte Sam.

A buli addig tartott, amíg be nem sötétedett ahhoz, hogy tovább játsszanak, és mindenki úgy döntött, hogy nem énekelünk együtt. PJ és Arden hazafelé indultak, míg E-Z és a banda többi tagja lefeküdt aludni.

2. FEJEZET

PROBLÉMÁK

Két NAPPAL E-Z SZÜLETÉSNAPI bulija után PJ és Arden egy kis bajban találták magukat.

Lia volt az, akinek látomása volt, hogy valami nincs rendben. Felidézte a látomást Alfrédnak és E-Z-nek: "Olyan volt, mintha transzba estek volna. És mindketten az íróasztaluknál ültek, és üres számítógép képernyőt bámultak".

"Semmi szokatlan nem volt ebben" - mondta E-Z. "Gyakran játszanak együtt, és talán éppen aludtak."

"Nyitott szemmel?"

"Oké, menjünk oda" - mondta E-Z.

"Az éjszaka közepén van!" Alfréd felkiáltott.

"Akkor is, jobb, ha megnézzük."

A Hármak kiosontak a házból, úgy döntöttek, hogy először PJ-hez mennek, mivel az övé volt a legközelebb.

"Nem hiszem, hogy a szülei örülnének egy ilyen késői látogatásnak" - mondta Alfréd.

"Meg fogják érteni" - mondta Lia, miközben becsöngetett a bejárati ajtón.

Pillanatokkal később egy nagyon álmos, szemét dörzsölgető férfi vágta be az ajtót pizsamában - PJ apja.

"Ki az?" - kiáltotta bentről az anyja.

"PJ barátai" - mondta az apja. "Valami baj van?"

"Ööö - mondta E-Z -, bocsánat a zavarásért, de nagyon szeretnénk látni PJ-t. Sürgős."

"Akkor jobb, ha bejöttök" - mondta PJ apja.

3. FEJEZET

ELŐTT

KORÁBBAN PJ és ARDEN a szuperhősök weboldalán dolgoztak. Frissítették az információkat, és hozzáadtak néhány új elemet.

Régebben, amikor egy segítségkérés érkezett, egy e-mailt küldtek a postaládába. Amikor legközelebb valaki bejelentkezett, látta, és ennek megfelelően válaszolt. Az új rendszerrel E-Z, Arden és PJ azonnal megkapta az SMS-eket.

Ezen kívül a kérést kérő személy egy időbélyegzővel ellátott automatikus választ is kapna. PJ és Arden biztosak voltak benne, hogy ez az automatizált frissítés növelné a bizalmat, és nagyobb forgalmat hozna az oldalra.

PJ és Arden egy YouTube-csatornát is létrehozott egy podcasttal. Ez valami újdonság volt, amit egy ötletelés során találtak ki. Izgatottan meséltek róla az E-Z-nek. Kiváló módja lenne a Hármak online jelenlétének növelésére. Létrehoztak egy közösségi fórumot is a nyílt vitákhoz.

A rendszer a beérkező üzeneteket is kategorizálta. Például egy macska megmentése a fáról. A Hármasok többször is kapott erre a szolgáltatásra vonatkozó kérést. Mivel a helyi tisztviselők jobban fel voltak szerelve arra, hogy válaszoljanak ezekre a hívásokra, PJ és Arden kék kódot csináltak belőle.

A kék kód azt jelentette, hogy mire az E-Z odaért, hogy megmentse a macskát, addigra már meg is mentették. A Kék kód azt jelezte, hogy várnia kell, hogy lássa, megoldódott-e a helyzet, mielőtt elindul.

A sárga kód azt jelenthette, hogy valaki elfelejtette a kulcsát, vagy bezárta a kulcsot az autójába. Mire E-Z odaért, a helyzetet már megoldották. Ismét az volt a tanács, hogy várjunk és ellenőrizzük, mielőtt elindulunk.

A kék és sárga kódok kategorizálásával E-Z és csapata a fontosabb hívásokra, azaz a vörös kódokra összpontosíthatott.

A Vörös Kód az volt, amikor életek vagy végtagok voltak veszélyben. A weboldal létrehozása óta a Hármasok nulla ilyen kategóriájú megkeresést kaptak.

Elégedetten azzal, hogy mennyi mindent elértek, úgy döntöttek, kiengedik a gőzt. Csatlakoztak egy többjátékos játékhoz.

"Három lány" - gépelte PJ Ardennek.

"Elbírunk velük!" - válaszolta a férfi.

A játék elkezdődött, és eleinte minden úgy zajlott, mint mindig. Szétverték a lányokat, szintről szintre haladtak felfelé, és mindent megöltek, amit csak láttak. Aztán hirtelen minden megállt.

4. FEJEZET

PJ'S HÁZA

M OST A HÁRMAK és PJ szülei a folyosón át a szobájába mentek. Amit láttak, az többnyire olyan volt, amilyennek Lia elképzelte. A különbség az volt, hogy a számítógép képernyője még mindig be volt kapcsolva. Villogott és villogott, miközben PJ látszólag mélyen aludt.

"Mi baja van?" Érdeklődött PJ anyja. "Az ágyban kellene aludnia. Nézd meg a testtartását. Valószínűleg kiszáradt. Hozok neki egy pohár vizet."

PJ apja átment a szobán, és megrázta a fia vállát. Azt várta, hogy a fia felébred, de nem így történt. Ehelyett lecsúszott a székében, és a padlóra zuhant volna, ha az apja nem kapja el. Felvitte a fiát, és az ágyára fektette.

PJ anyja visszatért, a vizet az oldalsó asztalra tette, majd az ajkát a fia homlokára tapasztotta. "Nincs láza - mondta.

PJ apja felemelte fia jobb szemhéját, és látta, hogy csak a szeme fehérje látszik. "Hívd a 911-et - kiáltotta.

"Nem, szerintem hívjuk a háziorvosunkat, Doktor Flanel-t" - mondta PJ anyja. "Ő már járt itt korábban házi vizitre. Amikor vészhelyzet volt - és ez határozottan vészhelyzet".

"Mrs. Handle" - mondta E-Z - "Rendbe fog jönni".

"Persze, hogy rendbe fog jönni" - válaszolta a nő, miközben Mr Handle kiment a szobából, hogy hívja Doktor Flanelt."

Amikor visszatért, mindannyian együtt vártak némán, és nézték PJ-t, ahogy alszik. Mintha azt várták volna, hogy felpattan, és elkezd hülyéskedni. Csak rá vallana, hogy megjátssza magát. Hogy bolondot csináljon belőlük.

Fogantyú úr nyugtalan volt, fel-le ugráltatta a lábát, miközben ült. Felállt, átment a szobán, és lehajolt, hogy megnézze a merevlemezt. Felemelte a lábát, mintha bele akart volna rúgni, de az utolsó pillanatban meggondolta magát, és kihúzta a kábelt a konnektorból.

Végignézték, ahogy Mr Handle egész testében remegni kezdett, mígnem elejtette a dugót. Megfordult, és feléjük sétált. Mögötte füst ömlött ki a merevlemezből. Másodpercekkel később a monitor képernyője megrepedt.

"Fogd a tűzoltó készüléket!" Kiáltott Alfred, de E-Z már felkapta a pohár vizet, és a dobozra dobta. Az sistergett, és a képernyőhöz csatlakozva mindkettő teljesen elhalt.

PJ anyja odarohant a férjéhez, és segített neki leülni. "Az orvos is megnézhet téged, ha megérkezik - mondta. "Olyan szerencsés vagy. Nem tudnám elviselni, ha mindkettőtöknek baja esne."

"Jól vagyok" - mondta Mr Handle.

De a Hármas számára nem úgy nézett ki, mint aki jól van. Sápadt volt, egy kicsit zöld és egy kicsit szürke.

"Ne izguljatok" - mondta Mr Handle. "Köszönöm a gyors gondolkodást, E-Z." Aztán a feleségének: "Még jó, hogy behoztad azt a vizet."

"PJ nagyon mérges lesz, amikor meglátja, hogy tönkrement a számítógépe."

"Na, na" - mondta Mr. Handle. "Meg fogja érteni."

Láthatóan jobban töltötte magát, mert a Hármak észrevették, hogy a légzése visszatért a normális kerékvágásba, ahogy a sápadtsága is.

Mivel úgy tűnt, minden rendben van, E-Z megemlítette Ardent. "Amíg az orvosra várnak, tényleg meg kell néznünk Ardent. Szerintünk ő is hasonló állapotban lehet."

"Gyakran játszanak együtt, de mi a fene okozhatta ezt?" Mr Handle érdeklődött.

"Nem tudom, de nem bánják, ha megnézem Ardent?"

"Menjen csak - mondta Mrs. Handle.

"Lia itt marad veled" - mondta E-Z. "Ő majd tájékoztat minket, és ha szükséged van ránk, azonnal visszajövünk."

"Köszönöm, E-Z, és Alfred - mondta Mr. Handle, miközben a bejárati ajtóhoz kísérte őket.

5. FEJEZET

ARDEN HÁZA

E-Z és ALFRÉD ELINDULTAK Arden lakása felé. Mielőtt még kopoghattak volna, Arden apja, Mr. Lester kinyitotta az ajtót.

"Honnan tudtad?" - kérdezte.

E-Z nem tudta megmondani neki az igazat. Ezért inkább rögtönzött egy hazugságot. "Ööö, egész életemben Arden legjobb barátja voltam, úgyhogy valahogy tudom, ha valami baj van. Beszélhetnék vele?"

"Persze, gyere be a szobájába" - mondta Arden édesanyja, Mrs. Lester. "Ne ijedjen meg. Csak alszik. Reggelre rendbe jön."

Mr Lester megfogta a felesége kezét, és levezette a folyosón, ahol Arden mélyen aludt.

"Ó - kiáltott fel Alfred, amikor meglátta. "Úgy néz ki, mint aki sokkot kapott."

"Nézzen a szemhéja alá" - mondta Lester úr.

E-Z visszahúzta barátja szemhéját. PJ pupillája látszott, de nagyobb volt, és úgy tűnt, mintha bármelyik pillanatban kirobbanhatna a szemgödréből. Újra rácsukta a szemhéjat.

Alfréd huhogott. Ezt hallották Lesterék. Azt mondta: - Mi a fene okozhatta ezt? Félelem? Vagy valami komolyabb, mint például egy roham?"

E-Z válasz nélkül megvonta a vállát. Lesterék már így is eléggé meg voltak ijedve és stresszesek, ráadásul csak találgatni tudnának.

"Pontosan hol találtátok meg?" E-Z megkérdezte.

"A számítógépe előtt ült" - mondta Mrs. Lester.

"Be volt kapcsolva a képernyő?" - kérdezte.

"Igen, az volt" - mondta Lester úr. "Felhívtuk a háziorvosunkat. Most éppen elfoglalt, egy másik híváson van, de majd visszahív minket."

"Már hívtak egy orvost PJ-nél, egy Doktor Flanelt. Hadd hívjam fel Liát, hátha ő már felállította a diagnózist."

"Majdnem ugyanazok" - mondta.

"Hogy érted azt, hogy majdnem?"

Kitekerte magát a szobából. Nem kellett még jobban aggódniuk Lesteréknek, mint amennyire már így is aggódtak. Belesuttogta a telefonba: - A pupillái még látszanak, de hatalmasak. Mint a sebek, mindjárt szétpukkadnak!"

"Ó, ez undorító!" Mondta Lia. "Talán kórházba kellene mennie?" "Felhívták a háziorvosukat, de ő nem elérhető. Szóval, szóljon, amint Dr. Flanel elmondja a véleményét, és én továbbítom. Esetleg meséljen neki

Arden szeméről, hátha ő is azonnali kórházi kezelést tanácsol."

"Úgy lesz. Majd jelentkezem."

Mindent elmagyarázott Lesteréknek. Azok üres arccal bámultak előre. Aggódott, hogyan fogadják az egészet.

"Kér valaki egy csésze teát?" Lester asszony érdeklődött.

"Nem, köszönöm" - mondta E-Z. Mrs. Lester egyike volt azoknak az anyukáknak, akik szerint a tea a legtöbb problémát megoldja.

Mr Lester követte a feleségét a konyhába.

"Nem szoktál részt venni a játékaikban?" Érdeklődött Alfred most, hogy ő és E-Z kettesben maradtak Ardennel.

Néha - mondta E-Z -, de mostanában, ha van egy kis szabadidőm, általában írással töltöm. Mostanában nem sok időm jut magamra."

"Érthető. Bocsánat, ha túl sokat lógok itt."

"Nem, semmi baj. Jobban meg kell szerveződnöm. Az iskolai munkák egyre bonyolultabbak, tudod, hogy a karrier és az érettségi felé vezető úton vagyunk. Azt akarják, hogy tudjuk, hova megyünk, és még azt sem tudjuk, hol vagyunk."

"Emlékszem azokra az időkre, de majd rájössz. Mindenesetre örülök, hogy nem játszottál velük - különben talán ugyanabban az állapotban lennél, mint ők."

"Igaz. El sem tudom képzelni, mi ijeszthette meg őket ennyire... ha ez történt. Úgy értem, a játék az játék - nem a valóság. Biztos nagy verseny volt."

Lesterék visszatértek a fiuk szobájába.

"Mi történt?" Mrs. Lester felsikoltott.

Arden szemhéjai most már nyitva voltak, és teljesen fehér belső tereket mutattak. PJ-hez hasonlóan a pupillái is eltűntek.

E-Z-nek déjà vu érzése támadt, amikor Lester úr átsétált a szobán, és lehajolt, hogy kihúzza a dugót.

"Állj!" Kiáltott fel E-Z. "Ne nyúlj hozzá!"

Mr. Lester megdermedt a helyén.

"Mr. Handle majdnem áramütést kapott, amikor hozzáért. A legjobb, ha békén hagyjuk."

"Ó, hála az égnek, hogy itt voltál és figyelmeztettél" - mondta Mr Lester.

"Igen, köszönöm E-Z. Nem tudnám kezelni, ha a fiam és a férjem is megsérülne. Egyszerűen nem tudnék." Átment a szobán, és átkarolta a férjét.

"Utána a számítógépe összeomlott, a képernyő megrepedt, és füst jött ki belőle" - magyarázta E-Z. "Szóval, PJ számítógépe megsült, megsült - pirult. Míg Arden számítógépe sértetlen maradt. Ha kitaláljuk, hogyan jutunk be hozzá - biztonságosan -, talán kideríthetjük, mi történt velük. Először is fel kell hívnom Sam bácsit, és a segítségét kérnem. Ő egy műszaki informatikus, úgyhogy tudni fogja, mit kell tennie."

"Várj - mondta Mrs. Lester. "Azt akarod mondani, hogy PJ és Arden is, ugyanaz?"

A férfi bólintott.

"Mindig is azt mondtam, hogy a számítógépek gonoszak!" - mondta. "Az én Ardenem sportoló. Sportolnia kellene, nem pedig a számítógép előtt ülni, és vesztegetni az idejét." A nő a férje mellkasába zokogott, a férfi pedig átölelte.

"A számítógépekre szükség van az iskolában - mondta Lester úr. "A fiunk nem tett semmi rosszat, és biztos vagyok benne, hogy bármikor visszatérhet a régi önmagához. Szüksége van egy kis alvásra. Egy kis pihenésre, ennyi az egész. Rendbe fog jönni."

Alfréd huhúúúúúúúúúúúúúúúúúúúúúúúúúúúúúúú.

E-Z üzenetet kapott a telefonjára. "Lia azt mondja, Doktor Flannel azt mondta nekik, hogy hagyják PJ-t ott, ahol van. Azt mondta, hogy a szeme magától vissza fog fordulni a normális állapotba. Azt mondja, PJ-nek nem úgy tűnik, hogy fájdalmai lennének. A szívverése és a pulzusa normális. Pihenésre van szüksége."

"Köszönöm - mondta Lester úr.

"Köszönöm, hogy beugrott - mondta Mrs. Lester. "Majd értesítjük, ha bármi változás történik."

E-Z és Alfréd hosszas látogatás után távoztak, és találkoztak Liával, majd együtt sétáltak haza.

"Nem tudok nem gondolkodni azon - mondta E-Z -, hogy ez a dolog PJ-vel és Ardennel vajon egy próbatételnek van-e szánva. Eriel utalt rá, hogy aggódnom kellene valami miatt. Hogy még üldözni is akarjam a dolgot. Ha ez így van, nem tudom, hogyan kellene megoldanom. Van valami ötleted? Azon kívül, hogy Sam bácsi segítsen nekünk bejutni Arden számítógépébe - itt teljesen tanácstalan vagyok."

"Furcsa, ha ez egy kísérlet - mondta Alfréd. "Mert a perek már a múlté, nem igaz?"

"Azok, de ha PJ-nek és Ardennek baja esik, akkor nincs más választásom, mint hogy belekeveredjek. Még akkor is, ha az arkangyalok felrúgták az egyezségünket."

"Mindketten úgy tűnnek, mintha nem lennének benne. Mit várnak tőled? Nem mintha gyógyító erőd lenne, vagy ilyesmi" - mondta Alfréd.

"De neked van!" Lia azt mondta.

"Igen, de csak akkor, ha használhatóak. Megpróbáltam, kommunikálni az elméjükkel. De olyan volt, mintha üresek lennének. Nem tudtam elérni őket. Ahhoz, hogy meggyógyítsam őket, valamilyen kapcsolatra lenne szükség. És nem volt semmi, amihez kapcsolódhattam volna.

"Folyton azt kérdezem magamtól, hogy segítséget kéne-e kérnem Arieltől. Ő a természet angyala. Talán van valami, amit ő tudna javasolni, vagy valamit, amit én nem tudok megtenni."

"Ez egy ígéretes ötlet" - mondta E-Z.

WHOOPEE

Ariel megérkezett.

"Mi a helyzet?" - kérdezte.

Alfréd elmagyarázta a helyzetet.

E-Z megkérdezte, hogy ez egy tárgyalás-e, amit az arkangyalok utólag próbálnak becsempészni.

"Akárhogy is, segítened kell a barátaidnak" - mondta. "Segíteni akarsz nekik, ugye?"

"Persze, hogy akarom, de hogy mit kell tennem, milyen lépéseket kell tennem egy tárgyaláson, az általában sokkal nyilvánvalóbb."

"Nem hallottam suttogásokat, hogy nem vagy képes kezdeményezni?" Ariel érdeklődött.

"Arra célozgatsz?" - érdeklődött E-Z, halkan beszélve, hogy ne veszítse el a türelmét. "Hogy az arkangyalok azért tették kómába a barátaimat, hogy próbára tegyék a kezdeményezőkészségemet?"

Ariel elmosolyodott. "Nem, semmi ilyesmire nem célzok. De ha ez egy próba lenne, akkor mit tennél, hogy segíts nekik?"

"Amikor egy próbatétel kerül elém, az agyam beindul. Tudom, mit kell tennem, hogy helyrehozzam, és nekilátok, hogy megtegyem. Ezzel kapcsolatban fogalmam sincs, mit kellene tennem, hogy helyrehozzam. Orvosi veszélyben vannak. Én nem vagyok orvos."

Ariel keresztbe fonta a karját. "Mit próbáltál ki, Alfred?"

"Megpróbáltam kapcsolatot teremteni mindkettőjük elméjével. Általában, ha meg tudok gyógyítani embereket vagy lényeket, akkor van egy kapcsolat - olyan, amit nem szakított meg külső erő.

Mindkettőjük esetében olyan volt, mintha az ajtót becsapták volna, és nem tudtam áttörni rajta."

"Akkor a saját kérdésedre válaszoltál - mondta Ariel. "Van még valami, amiben segíthetek?"

"Nem igazán voltál segítségemre" - mondta Lia.

Alfréd bocsánatot kért.

WHOOPEE

És Ariel eltűnt.

"Nem kellene így beszélned vele" - mondta Alfréd. "Ha tudott volna segíteni nekünk, akkor segített volna."

"Sajnálom, de frusztráló, amikor ők sem tudnak többet, mint mi. Ők arkangyalok! Tudniuk kellene valamit, amit mi nem, különben mi értelme lenne nekik?" Lia érdeklődött.

"Úgy érted, hogy Haniel mindig képes megoldani bármilyen problémát?"

Lia megvonta a vállát. "Nem sok mindent kellett még megbeszélnem."

E-Z azt mondta: "Eriel haszontalan. Akárhányszor kértem tőle segítséget, mindig visszatartotta. Igen, adott tanácsot. Azt mondta, hogy találjam ki magam.

"Például amikor legutóbb megidézett, valamiféle összeesküvésre, vagy kapcsolatra utalt, ahogy ő nevezte.

"Amikor kitaláltam, hogy mi az - játék -, hogy van valami kapcsolat, még mindig haszontalan volt. Bárcsak kimondanák. Így vagy úgy, de akkor arra tudnék koncentrálni, hogy a két barátomat kihozzam ebből a helyzetből."

"Érted, mire gondolok?" Mondta Lia. "Az összes arkangyal teljesen haszontalan."

"Haniel segített neked, amikor megsérült a szemed" - emlékeztette Alfréd.

Lia hátat fordított neki.

"Reméljük, hogy az orvosnak igaza volt, és reggelre mindketten maguk lesznek" - mondta E-Z. "Ez minden, amit tehetünk."

Most már hazaérve kimentek a hátsó udvarra. Köszöntötték Kis Dorritot, nézték a napfelkeltét, és a következő lépésükről beszélgettek.

E-Z átvett néhány dolgot, ami már régóta piszkálta. A Fehér Szobában arra biztatták, hogy kösse össze a pontokat. Legutóbb Eriel segített neki leszűkíteni a kört.

Átfutott mindent, amit a lány a boltban mondott neki. Hogy túszokat ejtett, mint egy játékban. Hogyan viselt jelmezt, hogy úgy nézett ki, mint egy játékbeli fejvadász.

Ezután átnézte a háza előtt álló fiú részleteit. A kölyök egyenesen azt mondta, hogy hangok küldték, hogy megölje E-Z-t a játékban, és ha nem teszi meg, akkor a családját megölik.

Aztán Eriel és a többi arkangyal részvételére gondolt a próbákban. Most már PJ és Arden is benne volt.

Vajon az arkangyalok behúznák őket, hogy elkapják őt? Az ő hibája volt - amiért túl lassan oldotta meg a rejtvényt, amit adtak neki? Az arkangyalok azt mondták, hogy végeztek vele. Lemondták a próbákat, és ő örült, hogy végeztek velük. Miért tértek vissza, és próbáltak új kapcsolatot teremteni vele? Ez nem lehetett véletlen.

Kinyitotta a száját, hogy elmondja Alfrédnak és Liának, mire gondol - ehelyett ismét a silóban landolt. Csak ezúttal ahelyett, hogy a tartály fémből készült volna, üvegből volt, és ő a széke nélkül volt.

6. FEJEZET

UPSIDE DOWN (FEJJEL LEFELÉ)

E-Z FEJJEL LEFELé LÓGOTT egy üvegbuborékban, és a föld zöld, zöldellő füvét nézte. Magasan volt fölötte, és annyira fájt a feje, hogy attól félt, szétpattan, és szétfröccsen a tartályban. De szerencsére valami tartotta őt a magasban. Hogy mi volt az, azt nem tudta.

Ellentétben a többi alkalommal, amikor a silóban volt, most nem volt rögzítve (vagy nem volt rögzítve a széke). A másik dolog, ami aggasztotta, hogy így fejjel lefelé lógva nem látta volna, hogy Eriel jön. És a szagát sem tudná kiszagolni.

Abban a pillanatban, ahogy Erielre gondolt, a konténer eltolódott. Attól félt, hogy lezuhan. Meg akart kapaszkodni valamibe, de nem volt semmi, amibe kapaszkodhatott volna, csak a levegő. Körbetekerte a karját. Aztán mozgást érzett. Az üvegkamra az óramutató járásával megegyező irányba fordult száznyolcvan fokot. A feje azonnal jobban érezte magát, tisztábbnak, és arra összpontosította figyelmét, hogy kijusson. Minél hamarabb, annál jobb.

Túl későn azonban, a dolog elmozdult, majd újabb száznyolcvan fokot fordult. Visszatért oda, ahonnan elindult.

"Hogy vagy, Doody?" - sikoltott Eriel, miközben az arcát az üveghez szorította. Aztán kopogott, és azt énekelte: "Engedj be, engedj be".

"Engedjetek ki innen!" E-Z sikoltott.

"Nyugodj meg" - nyögte Eriel. "Szívem jóindulatából vagy itt. Személyesen akartam elmondani neked: a barátaid veszélyben vannak."

"Úgy érted, PJ és Arden?" Eriel bólintott. "Nos, ezt már tudom! Te nagy bohóc!"

"Botok és kövek eltörik a csontjaimat, de a nevek soha nem árthatnak nekem" - énekelte Eriel.

"Ha nem juttatsz ki innen - most azonnal -, akkor többet teszek veled, mint amit botok és kövek tehetnek!"

Eriel az állához koppintotta csontos ujját. Végül is még mindig jobbra állt, ami előny volt azzal a perspektívával szemben, amelyben E-Z volt.

"Azt akartam, hogy tudd, még ha a barátaid veszélyben is vannak, nem kell aggódnod. Nincsenek szuperhősveszélyben." Szünetet tartott. "Egy kismadár azt csiripelte, hogy azt hiszed, megpróbálunk kicsúszni egy újabb próbát a kezedből... nos, nem így van. Hagyd őket a sorsra."

"Hogy érted, hogy nincsenek szuperhősveszélyben?" E-Z felsikoltott.

Eriel eltűnt, és az üvegtartály leesett. A férfi csapkodott, és megmerevedett. Újra leesett. Ez így ment tovább és tovább, amíg biztos volt benne, hogy a koponyája hamarosan tojásként törik szét a járdára.

Ekkor meglátta Alfrédot, ott a pázsit szélén, amint füvet rágcsált.

"Hé!" Kiáltott fel E-Z. "HÉ!"

Alfréd abbahagyta az evést, és odabattyogott. Megnézte barátját, aki fejjel lefelé lógott egy üvegbuborékban.

"Mit csinálsz ott bent?" - kérdezte a trombitás hattyú.

"Eriel!" Kiáltott fel E-Z.

"Elég volt. Megyek, és felébresztem Samet. Remélem, ő tudni fogja, mit kell tennie, hogy kihozzon onnan."

"Jó ötlet, és kérd meg, hogy hozza a székemet."

Amíg várt, E-Z átkozta magát. Elszalasztotta a lehetőséget, hogy több információt követeljen Erieltől. Úgy viselkedett, mint egy áldozat. Cserbenhagyta a két legjobb barátját.

Tervet fogalmazott meg. Ha kijutok innen, megkeresem Erielt, és ráveszem, hogy mondja el, hogyan menthetem meg PJ-t és Ardent. Megesketem, hogy soha többé nem hoz ilyen helyzetbe.

Várj egy percet. Ha PJ és Arden nem lennének szuperhős veszélyben. Milyen veszélyben voltak?

Egyáltalán meg kellett őket menteni? Vagy Flanel dokinak igaza volt, amikor azt mondta, hogy hamarosan túl lesznek rajta, és visszatérnek a régi önmagukhoz?

Nem tetszett neki a "hagyjuk őket a sorsukra" kijelentés. Hitt abban, hogy a saját sorsunkat alakítjuk, és a két barátja kómában volt. Nem tudtak segíteni magukon, ezért ő akart segíteni rajtuk. Nem számított, hogy Eriel mit mondott.

Végül Sam bácsi egy nagy szerszámot tartva a kezében kijött. "Ez egy üvegvágó - mondta. "Tudtam, hogy egyszer még jól fog jönni, amikor az egyik tévés reklámfilmben megvettem. Azt mondták, úgy vágja az üveget, mint a vajat. Lássuk, hogy ez hamis reklám volt-e." Körbevágta az alját. Lassan. Óvatosan.

"Hé, siessetek, megfulladok itt bent! Ha felkel a nap, megsülök."

"Türelem, drága fiam" - nyávogott Alfréd.

"Mindjárt ott vagyunk" - mondta Sam. Térdre ereszkedett, és előrenyomult, ahogy a vágógép felhasította a konténer alját. Közben a pizsamája térdei a harmatos pázsitról szürcsöltek. "Feltételezem, Erielnek köze van ahhoz, hogy te ott vagy?"

"Igen."

Sam befejezte a vágást, és elengedte az unokaöccsét, majd besegített neki a tolószékbe.

"Köszönöm, Sam bácsi."

"Szívesen. Most pedig magyarázd meg, kérlek?"

"Túl fáradt vagyok. Én meg túl bosszús vagyok ahhoz, hogy megmagyarázzam. Nem csinálhatnánk ezt reggel?"

A nap vörösre vérzett, ahogy felfelé nyomult a horizonton.

Néhány óra múlva E-Z-nek be kellett néznie a barátaihoz. Remélte, hogy jól lesznek. Vissza a normális kerékvágásba. Akkor nem kell egy percig sem gondolkodnia rajta. Ha nem... ha nem... ha nem voltak. Nos, akárhogy is, minden jobb lesz, miután aludt egy kicsit.

"Mindent el tudok neki magyarázni - ajánlotta fel Alfréd.

"Mit tudsz te erről? Kiabálnom kellett veled, hogy felhívjam a figyelmedet."

"Ó, én láttam az egészet. Mit gondolsz, mit csináltam itt kint? Vártam, hogy segítséget kérj. Nem akartam megzavarni az Eriel-idődet."

"Megzavarni. Nagyon vicces. Oké, tájékoztasd be. Megyek, alszom egyet. Túl fáradt vagyok ahhoz, hogy tovább gondolkodjak." Felkerekezett a rámpán, be a házba, és teljesen felöltözve bebukott az ágyba.

E-Z azt álmodta, hogy a hetedik születésnapja van. A szülei kibérelték a beltéri virtuális játékparkot. Összesen tizenkét gyereket hívott meg, így tizenhárman voltak, és az egyik csapatban kellett lennie egy plusz játékosnak. Mivel az ő napja volt, csapatokat hívtak, és az utolsóként kiválasztott ember került az ő csapatába. Úgy hívták magukat, hogy

Ball Breakers. A másik csapat, amelyet Kyle Marshall vezetett, Bat Shitznek nevezte magát.

"Nem használhatjátok ezt a nevet" - szidta őket E-Z csapata. "Ez gyakorlatilag egy káromkodás."

"Á, gondoljátok megint" - mondta Marshall. "A helyesírás Shitz. A kutyámról kaptuk a nevünket. Ő egy Shitz-hu."

"Játsszunk" - mondta E-Z.

PJ és Arden E-Z csapatában voltak. A tornádó trió csapata addig rúgta a Bat Shitz csapatát, amíg mindannyian túl fáradtak voltak ahhoz, hogy megmozduljanak.

"Az étel tálalva" - szólt E-Z anyja. A szülők a szomszédos étteremben vártak. Rendeltek egy rakás pizzát, vödörnyi üdítőt, és végül egy gyertyákkal megrakott tortát.

A gyerekek együtt hagyták el a játékteret. Arden hamarosan rájött, hogy otthagyta a baseballsapkáját.

"Nem hagyhatom itt! Vissza kell mennem!"

"Veled megyünk" - mondta E-Z. "Adj egy percet, hogy szóljak anyukámnak."

"Majd én szólok neki" - mondta Kyle, aki a közelben volt.

E-Z, PJ és Arden visszatértek a nyomukba. Amikor nem találták a sapkát, tovább sétáltak.

"Valahol itt kell lennie!" Mondta Arden.

"Biztos nem gondoltam, hogy ilyen messze van" - mondta E-Z.

"Azok a keselyűk megeszik az összes pizzát, mire visszaérünk" - mondta PJ.

"Ne aggódj, Mrs. Dickens majd tartogat nekünk kaját. Tudja, hogy nem maradunk sokáig."

A folyosó egy másik épületbe, egy másik helyre tágult. Előttük óriási guillotine állt. A tetején, a penge fölött Arden sapkája volt. Magán a pengén egy felirat volt. Még mindig csöpögött a vörös festék, vagy a vér. Az állt rajta: "A fej ide kerül."

"Álmodunk?" Arden megkérdezte. "Mert nekem tényleg nem kell annyira a baseballsapkám."

"Figyelj. Hangok" - mondta E-Z.

Suttogások, nagyon halkan, de mormogások. Először egy magányos nő volt. Aztán egy másik csatlakozott, duettre. Aztán egy másik csatlakozott egy trióhoz. A suttogás kántálássá változott.

"Nem tudok kivenni egy szót sem - mondta PJ.

"Pszt - mondta E-Z, és az ujját az ajkához tartotta.

Ahogy a hangok énekeltek,

"B-link és halott vagy.

B-link és halott vagy.

B-link és halott vagy, B-link és halott vagy", a Happy Birthday to you dallamára.

"Ez hátborzongató!" mondta PJ.

"Menjünk vissza" - mondta Arden, amikor az ajtó, amelyen bejöttek, becsapódott, és lépések visszhangoztak a folyosón.

A léptek egyre hangosabbak lettek.

CSÖRGÉS. CSATTANÁS. CSÖRGÉS.

Láncpáncél. Közelednek. Csizmás lábak. Egy katona. Egy nagyon magas, csuklyás alak. Valami ezüstöt cipel: egy késélezőt.

Amikor a guillotine lábához ért, a csuklyás alak egy tollat húzott elő a zsebéből. A pengéhez szorította. Úgy vágta át, mint a vajat. Mégis tovább ment, és tovább élezte. Miközben a pengét élezte, hümmögött a lélegzete alatt, mintha élvezné a munkáját.

"Mintha a guillotine penge nem lenne elég éles!" PJ suttogta. "Vigyél ki innen!"

Arden az ajtóhoz rohant, és kalapálni kezdett rajta. "E-Z, ki kell juttatnod minket innen! Segítened kell nekünk! Kérlek, segíts nekünk!"

ÜZENET BETÖLTÉSE.

PJ és Arden arca felbukkant a képernyőn. Két szót mondtak:

"FIGYELMEZTESSÉK ŐKET!"

E-Z arra ébredt, hogy Sam bácsi ököllel csapkodja a hálószobája ajtaját. "Kelj fel E-Z, nem találjuk Liát!"

Most, hogy felébredt, rájött, hogy a lány kapcsolatba lépett vele, és megpróbált kapcsolatba lépni vele. Hogy tájékoztassa őt. Megnézte a telefonját. Egy üzenet frissítéssel.

"Semmi baj - mondta E-Z -, PJ-vel van. Mondd meg Samanthának, hogy jól van. Hamarosan meg kell látogatnom őt és Ardent. Hol van Alfréd?"

"A kertben van" - mondta Sam. "Szeretnél reggelizni, mielőtt elmész?"

"Egy grillezett sajtos szendvics jól esne. Köszi."

Miközben E-Z felöltözött, az álmára gondolt. A srácok beszélgettek vele, egy közös eseményen keresztül, amelyen hétéves korukban osztoztak. Rá kellett jönnie, miről van szó. Figyelmeztesse őket? Pontosan kit melegítsen? Ez egy határozott nyom volt, de pontosan kit akartak figyelmeztetni tőle?

Igen, halálosan biztos volt benne, hogy mondani akartak neki valamit, de pontosan mit? Ismét volt egy sanda gyanúja, hogy az egésznek valami köze van Erielhez.

Először Arden házához ment, és szegény fickó, mint korábban, most is zombiszerűen feküdt az ágyában. Egy orvos volt mellette, amikor E-Z és Alfréd bementek.

"Mi a diagnózis?" Kérdezte E-Z.

"Először is, vigyék innen azt a baromfit!" - kiáltott fel az orvos.

Alfréd huhogott tiltakozásul, aztán elkullogott. Odakint füvet rágcsált, és megtisztította a tollait.

Az orvos Mr. és Mrs. Lesterre nézett: "Mennyit akarnak tudni erről a kölyökről?".

"Ő itt E-Z, Arden egyik legjobb barátja."

"Tudom, ki ő, láttam a tévében, ahogy embereket mentett."

E-Z nem tudta, mit mondjon, ezért nem szólt semmit, de nem tetszett neki ennek az orvosnak a hozzáállása.

"Arden kómában van."

"Igen, én is így gondoltam. Ó, és mikor ébred fel belőle? Dr. Flanel odaát a Kézenfogva Otthonban - ahol PJ is ugyanilyen állapotban van - azt mondta, hogy hamarosan visszatér a normális állapotába."

"Azt nem tudom. A teste védi valamitől, úgyhogy majd felébred, ha elég jól lesz hozzá. Addig is azt javaslom, hogy valaki legyen vele huszonnégy órán át." Aztán Lesterékhez: "Talán az lenne a legjobb, ha mindketten azon dolgoznának, hogy felvegyenek egy ápolónőt. Tudok ajánlani valakit. Ha otthonról tudnak dolgozni, az lenne a legjobb. Pár nap múlva jelentkezem."

"Pár nap múlva" - ismételte meg Mr. Lester.

Mrs. Lester kivezette az orvost a házból.

E-Z követte. "Ha tudok segíteni, műszakot vállalni mellette, ne habozzon kérni. Most átmegyek PJ-hez. Lia már ott van, és azt írta, hogy ő is ugyanígy van."

"Tájékoztass minket, és add át üdvözletünket PJ családjának."

"Úgy lesz" - mondta E-Z, miközben ő és Alfréd újra egymásra találtak. Mindketten felemelkedtek a földről, és PJ házához repültek.

Ahogy egymás mellett repültek tovább, Alfred azt mondta: "Nem voltam oda azért az orvosért. Ha valaki nem kedves az állatokkal... nem bízom benne".

"Értelek, de ő csak a munkáját végezte."

"Mi, hattyúk nem okoztunk semmilyen járványt vagy... mindegy. Elfelejtettem a madárinfluenzát - de az az emberek miatt történt."

Leszálltak PJ házánál, ahol Lia nyitott ajtóval várta őket.

"Hogy mennek a dolgok köztetek?" - kérdezte.

"Jól" - mondta Alfréd.

"Á, egy kicsit morcos, mivel Arden orvosa kidobta a szobából, de én jól vagyok, köszönöm. És te?"

"Jól vagyok, de PJ szülei kezdik elveszíteni az eszüket, és semmi jele a gyógyulásnak."

"Visszahívták az orvost?" Alfred megkérdezte.

"Nem. Reményt adott nekik, de semmi mást, leginkább azt, hogy majd magához tér. De aggódom, hogy téved." A lány szünetet tartott, és kissé elpirult.

"Ó, még valami, amikor a kezét fogtam." Rájuk pillantott. "Ő, nos, nem vagyok benne biztos, hogy csak képzeltem, vagy tényleg ő tette - de azt hittem, megszorította."

"Uh, köszönöm, hogy vele maradtál. A szüleivel váltogatnunk kellene a műszakokat, hogy senki se fáradjon el túlságosan. Most már hazamehetsz, és eltölthetsz egy kis időt az anyukáddal. Biztos kíváncsi rád." Semmiképp sem akarta megemlíteni a kézenfogást.

"Akkor én akkor megyek, amikor te is" - mondta Lia, miközben PJ szobája felé vették az irányt.

Alfred, Lia és E-Z most kettesben voltak PJ-vel.

"Furcsa álmom volt az éjjel. PJ, Arden és én a hetedik születésnapomon voltunk - de a dolgok nem úgy történtek, mint akkoriban. Egy közös eseményen keresztül próbáltak kommunikálni velem, de nem vagyok benne biztos, hogy mit akartak mondani."

"Meséld el nekünk az álmot" - mondta Alfréd. "És ne hagyj ki semmit."

"Igen, meséld el, és meglátjuk, tudunk-e segíteni az értelmezésében."

"Nos, normálisan kezdődött. Minden úgy ment, ahogy aznap, amíg Arden el nem felejtette a baseball sapkáját, és mi, hárman vissza nem mentünk érte."

"Szóval nem az igazi bulin vesztette el a baseball sapkáját?"

"Nem, nem vesztette el. Sőt, annyira megszállottja volt annak a sapkának, hogy gyakran cukkoltuk azzal, hogy a fejére van ragasztva. Szóval, ez az álom jelentős része volt. És ott visszasétáltunk a játéktérre, és a folyosó sokkal hosszabbnak tűnt, mint amikor elhagytuk.

Hosszú ideig sétáltunk. Beszélgettünk, ahogy szoktunk. Először észre sem vettük, már jó ideje sétáltunk. Arden fontolgatta, hogy ott hagyja a sapkát, ahol volt, mert az odajutás olyan sokáig tartott, de úgy döntöttünk, hogy elhozzuk. Azt mondta, hogy a sapka szentimentális értéket képvisel számára".

"Érdekes" - mondta Lia. "Tudod, miért szerette annyira a sapkát?"

"Mindig viselte, mert szerette a csapatot. Soha nem tudtam, hogy a való életben is van érzelmi kötődés, kivéve magához a csapathoz. És az álomban, abban a pillanatban, addig nem is, amíg ki nem mondta. Szóval, akkor a folyosó kitágult, és egy nagy, szellős teremben találtuk magunkat, mint egy előadóteremben. A terem közepén egy óriási guillotine állt".

"Micsoda! Milyen különös!" mondta Alfréd.

"Elég ijesztő" - mondta Lia.

"Van még más is. A tetején, a penge fölött Arden sapkája volt, alatta pedig egy felirat, amin ez állt: A fej ide kerül."

Lia és Alfréd zihált.

"Arden azt mondta, hogy már nem annyira szereti a sapkát. És ekkor besötétedett, és hallottuk, hogy nehéz léptek jönnek felénk. Csizmák. Láncok vagy páncélok kattogása. Aztán újra kigyúltak a fények, amikor egy fickó lépett be, csuklyával a fején. A guillotine-hoz ment, és egymás után élezte a késeket."

"Aztán mi történt?" Alfréd megkérdezte.

"Aztán felugrott egy számítógép képernyője, amin az állt, hogy LOADING, és megjelent egy kép róluk. Két szót mondtak:

"FIGYELMEZTESSÉK ŐKET."

"Aztán mi történt?" Alfréd újra megkérdezte.

"Aztán Sam bácsi felébresztett, és megkérdezte, hogy tudom-e, hol van Lia."

"Ez nem sok minden, amin elindulhatnánk" - mondta Lia - "Szerette azt a sapkát? És kit kell figyelmeztetni?"

"Arden kedvenc csapata a Boston Red Sox volt és még mindig az. A sapka ajándék volt neki - hiteles -, soha nem hagyta volna el, bármi történjék is. Mégis legalább kétszer fontolóra vette, hogy az álomban hagyja."

"De nem volt annyira lelkes, hogy a fejét a guillotine-ba dugja érte - mondta Alfréd.

"Ki lenne az!" Kérdezte Lia.

"Bárcsak használhatnánk Arden számítógépét. Fogadok, hogy van rajta egy nyom. Fogadok, hogy van egy fájlja, valami rejtett, amit megtalálhatnék. Talán erről szólt az álom. És hogy miért adta nekem a nyomot."

Lia a neten utánanézett a telefonjában, hogy mi a jelentősége annak az álomnak, amelyben egy guillotine szerepelt. "Azt írja, hogy félelmet vagy szorongást jelképez. Azt, hogy valamivel kapcsolatban kiszemeltek vagy zavarba jönnek."

"Azt hiszem, van egy ötletem" - mondta E-Z, miközben végigpörgette a telefonján a névjegyzékét.

"Várj egy percet", mondta Alfred, "hívd fel Samet".

"Igazad van, talán először vele kellene ezt megbeszélnem." Gyorstárcsázta Samet, elmagyarázta a helyzetet. Sam azt mondta, hogy azonnal átjön Ardenhez, ott találkozzanak vele.

"Minden rendben van itt?" PJ anyja kérdezte. "Kérsz egy italt vagy valamit?"

"Nem, köszönöm, de Sam bácsi Ardenhez megy, és ott találkozunk vele. Megnézzük Arden számítógépét, és kiderítjük, mit csinált utoljára. Kár, hogy PJ számítógépe nem működik."

"Ez egy okos ötlet. Hallottuk, hogy Arden szülei orvost is hívtak, ő is segített valamit?"

"Nem, nem segített."

"Majd értesítünk, ha hallunk valamit" - mondta Lia, miközben PJ homlokát tapogatta.

"Jó kislány vagy" - mondta PJ anyja. Aztán könnyeivel küszködve elhagyta a szobát.

Amikor megérkeztek Arden házához, Sam odakint várta őket. Nála volt a laptopja, és egy táska tele számítógépes eszközökkel, meg néhány más aprósággal.

Együtt bementek, ahol Sam a közelben felállította a saját számítógépét, egy laptopot, bedugta a szoba másik oldalán, majd megnézte Arden berendezését. Egyenesen a fali aljzatba volt bedugva. Váratlan túlfeszültségek ellen védő áramsáv nélkül. Még jó, hogy mindig hordott egyet a táskájában.

Miután biztosította a biztonsági tápkábelt, bedugta Arden számítógépét. Vártak - és semmi sem történt. Ezt jó jelnek vette, bekapcsolta a tápegységet, és Arden számítógépe életre kelt. Jelszóra volt szükség. Egy olyan jelszót, amelyet egyikük sem ismert.

"Valami tipp?" Sam megkérdezte.

E-Z beírta a Boston Red Soxot. Megpróbálta Arden középső nevét, ami Daniel volt. Nem sikerült.

"Próbáld meg a guillotine-t - javasolta Alfred.

"Bingo!" E-Z azt mondta, most már csak a történelemben kellett keresnie.

"Hadd nézzem" - mondta Sam, miközben a beállítások között kattintgatott, valami szokatlant keresve. Nem volt semmi szokatlan.

"Mi volt az utolsó dolog, amit csinált? Valamilyen játékot játszott?" E-Z kérdezte.

Ahogy Sam kattintott, hogy kiderítse, a túlfeszültség nélküli túlfeszültségi sáv lángra kapott. Sam bácsi rohant, hogy eloltja a tüzet, mire visszaért, E-Z már egy takaróval fojtotta el. "Jó ötlet" - mondta.

"Remélem, Arden anyukája is így gondolja!"

"Fogd meg a merevlemezt!" Sam azt mondta, amit meg is tett, mielőtt az megsült volna. "Most ezt magunkkal visszük, és megnézzük, mit látunk."

7. FEJEZET

KONVERSÁCIÓ

AHOGY HAZAFELé TARTOTTAK, E-Z még mindig a "Figyelmeztesd őket" üzenetre gondolt. Lehet, hogy több volt, mint egy álom?

"Kíváncsi vagyok - mondta.

"Miről?" Sam megkérdezte.

E-Z elmagyarázta az álmát és az üzenetet, majd hozzátette az új ötletét, hogy lássa, mit gondolnak róla.

"PJ és Arden beállította a dolgokat a weboldalon, hogy a jövőben podcastokat készíthessünk. Azon gondolkodom, hogy használhatnám-e, amint kitaláljuk, hogy kit figyelmeztessünk. Biztosan sok embert elérhetnénk."

"Ez egy zseniális ötlet!" mondta Sam, "De nem kellene már most felépítenünk a követőinket? Így aztán, amikor készen állunk a figyelmeztetés közvetítésére, már lesz néhány előfizetőnk?"

"Mit mondanék?"

"Gondolkodjunk rajta" - mondta Lia. "Mi pedig ott leszünk melletted."

"Nekem megfelel, ha én beszélek."

Most már hazaérve bementek.

8. FEJEZET

BRANDY ÉLETEK

AMIKOR ELŐSZÖR LÁTTA A férfit, a zene volt a közös bennük. Zongorázott, az átlagosnál jobban, de nem kiemelkedően jól. A zenetanára azt mondta, hogy természetes képességei vannak - bármit is jelentsen ez. De csak olyan dalokat tudott játszani, amelyek jelentettek neki valamit. Akkor emlékezett rájuk, és azonnal el tudta játszani őket. Azonban az, hogy arra kényszerítették, hogy olyasmit játsszon, amit nem szeretett, arra késztette, hogy megutálja az órákat.

De ő kitartott mellette. Kényszerítette magát, még akkor is, amikor utálta. Abban reménykedett, hogy bejut az iskolai zenekarba.

A szülei szerettek volna valamit felmutatni a sok leckéért, amit fizettek. Ragaszkodtak hozzá, hogy kipróbálja magát a zenekarban - hogy jobban bekapcsolódjon az iskolai tevékenységekbe.

"Jól fog mutatni a főiskolai jelentkezésedben" - mondta az apja.

"Próbáld meg a legjobbat kihozni magadból, ez minden, amit kérünk. Adj bele mindent!" - mondta az anyja.

Az idei középiskolai meghallgatásokon azonban tele volt tehetséges gyerekekkel. Egy tehetséges férfi dobos már a színpadon volt, amikor a lány belépett a terembe.

Izzadó tenyérrel és dobogó szívvel haladt végig a soron. A diákok és tanárok sora tapsolt és kopogtatta a lábujjait. Érezte, ahogy a padló lüktet minden egyes ütemtől.

Mint egy robot, úgy haladt tovább a nézőtér szélén, amíg olyan közel nem került a színpadhoz, amennyire csak tudott.

Most kisurrant az ajtón, és a színfalak mögé ment. Megállt a többi fedélzeten lévő előadóval, és úgy tapsolt, mintha mindig is ott lett volna.

Zseniális terv volt. Mindenki annyira belefeledkezett a meghallgatásába, hogy észre sem vették, hogy a lány belevágott a sorba.

"Ki ő?" - suttogta a sorban előtte álló lánynak.

"Shhhhh!" - válaszolt a többi várakozó előadóművész.

Tovább dobolt, farmerbe öltözve, szőke haját lengetve és ugrálva. Aztán közelebb hajolt a mikrofonhoz, és mély, dallamos hangja csatlakozott az ütemhez.

Kicsit közelebb tolta, és közben olyan viszketést vett észre, ami korábban nem volt ott. A tenyerén, a karján, a lábán. Vakarta, de nem talált enyhülést. Sőt, egyre rosszabb lett, és hamarosan olyan volt, mintha lángolna a bőre. Aztán a légzése romlott, és a szívverése lelassult.

"Nyugodj meg" - suttogta hangosan és a fejében is.

Ez volt az utolsó dolog, amire emlékezett, mielőtt egy mozgó járműben ébredt fel.

9. FEJEZET

BRANDY

A JÁRMŰ SZÁGULDOTT AZ autópályán. A nő a hátsó ülésen ült. Kinek az autójában ült? Nem ismerte fel a járművet.

Megpróbált felülni; a feje fájt - mintha egy vonat száguldott volna át rajta. Egy pillanatra lehunyta a szemét, és figyelt, próbálta kitalálni, hogyan került oda. Magának az autónak furcsa szaga volt, új és régi egyszerre.

PFFT.

A szellőzőnyílás olyan szagot bocsátott ki, amitől a gyomra felfordult, és hányt.

"Hé, vigyázz a belső térre - mondta egy férfihang. "Ez bőr, az igazi." Megcsörrent a telefonja, és a vizorban lévő mikrofonon keresztül beleszólt. "Igen, hamarosan ott leszünk" - mondta. Kikapcsolta, majd felhúzta a rádiót.

A kezét megkötözték, de nem a háta mögött, ahogy a filmekben látta, hanem előtte, közvetlenül a bekötött biztonsági öv fölött. "Haza akarok menni!"

"Hamarosan" - válaszolta a férfihang egy Drake-dallam refrénje fölött.

Miután úgy harminc percet utazott, amit a lány úgy harminc percnek gondolt, beállt egy benzinkútra. Bezárta a nőt, majd becsapta maga mögött az ajtót, és szó nélkül otthagyta.

Kinézett az ablakon, és erősen próbált nem megint hányni. A fogvatartója vagy elrablója, akárki is volt az, bement. Remélte, hogy nem emberrabló volt, aki váltságdíjat akar kérni. A szüleinek nem volt pénze arra, hogy kifizessék a visszatérését. A pillanatra koncentrált, és észrevette, hogy az ajtókon nincsenek kilincsek, és az ablakot nyitó gombok nem működnek.

A benzint pumpáló autó másik oldalán egy férfit látott.

"SEGÍTSÉG!" - kiáltotta, és mindent beleadott. Tudta, hogy ez lehet az egyetlen lehetősége.

Amikor a férfi nem válaszolt, a megkötözött görcseit a csukott ablakokra verte. Nehéz volt hangot kiadni itt, ebben az akváriumszerű autóban. Hátrapillantott, és elrablója éppen visszatért a kocsihoz, kezében egy doboz üdítővel és két tábla csokoládéval. Amikor beült a volán mögé, a válla fölött a lány felé dobta az egyik csokoládészeletet. Nem tudta elkapni, utálta az ilyesmit, nem is beszélve arról, hogy nemrég hányt.

"Szomjas vagyok - mondta a lány.

"Mit szeretnél?" - kérdezte, majd bement, és szinte azonnal kijött egy üveg vízzel.

Lecsatolta a kupakot, és a lány kezébe nyomta. Bár meg voltak kötve, a lány néhány próbálkozás után képes volt vizet juttatni a szájába. A pólója eleje csöpögött a víztől. Nem bánta, lemosott valamennyit a bárszagból.

"Köszönöm - mondta.

Pillanatokkal később ismét az autópályán voltak. Felgyorsított, áttért a gyorsítósávba, és a lány biztonsági öve kioldódott. A lány úgy bukdácsolt a kocsi hátsó ülésén, mint egy irányítatlanul guruló szimpla kocka.

"Hagyd abba, te elmebeteg!" - mondta a férfi, miközben a nő összekötött kézzel próbálta újra bekötni a biztonsági övet.

A kerekek, ahogy a sofőr vakmerően sávot váltott. A többi sofőr a fékre lépett, hogy távol maradjon tőle. Aztán a lehajtó felé vette az irányt. Rátaposott a fékre, megállt. Kiszállt az első ülésről, kinyitotta a hátsó ajtót.

Készen állt, a lábát a férfi felé irányította, és teljes erejéből egy nagy kétlábú rúgással lecsapott rá. A férfi a földre zuhant, a nő pedig kiszállt a kocsiból, és vadul futott, amikor egy autó elütötte, aztán egy másik, aztán még egy.

Visszaszállt a kocsiba, és elhajtott.

"Hülye lány!" - kiáltott fel.

10. FEJEZET

BRANDY EMLÉKEK

"Megint megtörtént, ugye? - kérdezte az anyja, miközben kisegítette Brandyt a bevásárlókocsiból. "Ezúttal mi történt?"

"Sajnálom, anya" - mondta a tinédzser, miközben lehajolt, hogy bekösse a cipőjét. Olyan jól esett a keze, most, hogy már nem volt megkötve.

Az anyja lehajolt, és odasúgta: "Ugyanaz volt, mint a többi alkalommal? Elájultál?"

A lány felállt, az ajtó felé pillantott.

"Mondd el" - mondta az anyja, és maga elé tolta a lányát, hogy közel legyenek egymáshoz, és senki más ne hallja. Egyébként sem volt senki más a folyosójukon.

"Az iskolában voltam, a meghallgatáson. Egy fiú szólót játszott a dobon és énekelt. Tényleg kiváló volt."

"És álmodozó is, gondolom?" - kérdezte az anyja.

Érezte, hogy forróvá válik az arca. "A szívem felgyorsult, száguldott, a tenyerem izzadt, és furcsán éreztem magam. A következő dolog, amire emlékszem, hogy egy mozgó jármű hátuljába voltam kötözve!"

"Megkötözve? Egy autóban? Kinek a kocsijában? Ki vezetett? Hová mentél?"

"Nem ismertem fel a kocsit, sem a sofőrt. Beszélt valakivel, egy olyan kéz nélküli mikrofont használt. Jól vezetett, amíg fel nem ért az autópályára. Aztán úgy vezetett, mint egy őrült, én pedig úgy tettem, mintha kioldódott volna a biztonsági öv. Amikor lehúzódott az útról és megállt, úgy belerúgtam, hogy elesett, én pedig elmenekültem."

"Hála az égnek, hogy megúsztad. Megállt valaki, hogy segítsen neked? Remélem, megvan a számuk, hogy felhívhassam és megköszönhessem nekik."

Brandy nem szólalt meg, mert az autókra emlékezett, egy, kettő, három, ahogy elütötték, és meghalt. Megint. És az élelmiszerboltban kötött ki az anyjával, megint.

"Beszélj hozzám" - mondta Brandy anyja.

"Meghaltam - megint - mondta Brandy - és itt kötöttem ki. Megint."

Leült a padlóra, vagyis inkább elgyengült a térde, és a térdére ereszkedett. Az anyja követte, mint egy dominó.

Egymás mellett ültek, kézen fogva, anélkül, hogy beszéltek volna.

11. FEJEZET

BRANDY THEN

"SIESS, BRANDY!" - EZT mondta az anyja legutóbb. Utoljára, amikor egyetlen lánya meghalt - és feltámadt.

Amikor a legtöbb szülőnek a gyerekével a hátán kellett elmennie a boltba - nem tudtak elég gyorsan kijönni onnan.

Brandy nem tartozott azok közé a gyerekek közé. Jobban szerette a boltokat, mint a parkokat, a sportot - szinte minden tevékenységet. A bevásárlás volt az egyetlen módja annak, hogy kivigyük őt otthonról.

Ez nem teljesen Brandy hibája volt. Egy ritka szívbetegséggel született. Azt mondták, hogy majd kinövi. Szóval a futás és a többi gyerekkel való játék nem volt opció számára.

Ennek következtében imádta a plázát, de a legjobban a boltot szerette. És az élelmiszerfolyosókon mindig elég nyugodt volt a helyzet. Kivéve egyszer, amikor ingyen DVD-ket osztogattak. Brandy annyira izgatott lett, hogy nem kapott levegőt, és be kellett vinni a kórházba.

Három éves volt akkor.

12. FEJEZET

BRANDY NOW

MOST, HOGY A LÁNYA tizennégy éves volt, úgy tűnt, ez egyre ritkábban fordul elő. Mégis azon tűnődött, mi lesz, ha a lány túl nagy lesz ahhoz, hogy beférjen a bevásárlókocsiba.

"Mit gondolsz, miért itt?" Brandy anyja megkérdezte: "Miért mindig csak te és én és itt?".

"Nem tudom anya, de egy dolgot tudok. Én vásárolni akarok. Élelmiszert és innivalót akarok venni, és, már megyek is. Maradj itt, ha akarsz, mindjárt jövök. Tessék, játssz pasziánszot a telefonodon. Az megnyugtatja az idegeidet, a vásárlás pedig az enyémet."

A nő leült a földre, miközben a kocsik jöttek-mentek, minden figyelmét a pasziánsz játékra összpontosítva. A lánya nagyon jól ismerte őt. Mégis, amin igyekezett nem aggódni, az az volt, hogy mennyit - nem, hogy mennyire keveset - mondjon el a férjének. Nem mondta el neki sem legutóbb, amikor a lánya meghalt, sem azelőtt, sem az azelőtti alkalommal.

Csak annyit mondott neki, hogy elmentek vásárolni, és az stresszes volt.

"Készen állok" - mondta Brandy, akkor, amikor kislány volt, a karja tele zabpehellyel és pop-tortával.

Akkor elindultak az önkiszolgáló kasszasor felé.

"Hadd csináljam én, anya!"

Brandy mindig ezt mondta. Imádta nézni, ahogy a pénztáros minden egyes tárgyat beolvas. És isten segítse őket, ha a szkennelés rossz volt.

Brandy és az édesanyja, akik most már végeztek a mai napra, visszatértek a kocsihoz. Brandy előre ült, és becsatolta magát. Elindultak, és csak rövid időre álltak meg a drive-in-nél, hogy vegyenek két forró karamellás fagylaltkelyhet.

"Ma igazán remek üzletet csináltunk" - mondta Brandy akkor, és most is ezt mondta.

"Tudom, hogy szereted, de azért szeretnék többet hallani a mai... ööö... incidensedről. Emlékszel még valamire a történtekből? Biztos nagyon megrémültél, hogy egyedül voltál egy kocsiban egy idegennel? Csak azt nem értem, hogyan történhetett ez a dolog. Ez most más volt, mint a többi alkalommal? Azt mondtad, hogy az egyik percben még az iskolai zenekari meghallgatáson voltál, a következőben pedig egy kocsiban?"

"Igen, vártam a soromra, hogy felléphessek, a többi diákkal együtt. Mindannyian egy fiút hallgattunk a doboknál. Hihetetlen volt, énekelt és játszott. Már közeledtem a sor elejéhez, amikor, ZAP, eltűntem."

"Ó, ez a ZAP nem tetszik nekem."

"Így történt, anya. Először a kezem viszketett, aztán a lábam, a karom."

"Nem beszéltél nekem a viszketésről korábban?"

"Előfordul. Általában megnyugtatom magam. Ezúttal semmi sem használt, és, hát, tudod, a Z szó."

"Meg kell kérdeznem, de nem gondolod, hogy ez talán azért történt, mert el akartad kerülni a meghallgatást? Mármint a meghallgatást magadnak. Ez nem olyasmi, amit szívesen csináltál."

Brandy dobolt az ujjaival az ajtó karfáján. "Nem ugranék be egy idegen autójába, hogy elkerüljek egy meghallgatást" - mondta.

"Jól van, drágám" - mondta az anyja könnyezve. Rosszat mondott - már megint. Mindig rosszat mondott, amikor a lánya... hogy is nevezze? A lánya utazó kalandjait.

"Semmi baj, anya."

Egy darabig csendben hajtottak tovább. Kényelmes csend volt.

"Tudni akarom, hogyan segíthetnék neked" - mondta Brandy anyja. "A következő alkalomra..."

"Tudom, anya, de te nem vagy ott, amikor megtörténik. Nekem magamnak kell megbirkóznom vele."

"Van valami, ami mindig megtörténik - mielőtt eltűnsz?"

"Bárcsak emlékeznék rá, anya, de mint legutóbb, most sem emlékszem." Kinézett az ablakon, aztán keresztbe fonta a karját.

"Nos, amikor otthon vagyunk, gyakorolhatod a gyakorlást, gyakorolhatod a gyakorlást. Akkor még felkészültebb leszel a holnapi meghallgatásra."

"Ez csak egynapos meghallgatás volt. Szóval idén nincs esélyem. Különben is, apa nem szereti, ha gyakorlok, főleg, ha otthonról dolgozik. Azt mondja, megfájdul tőle a feje."

"Apa nem így érti" - mondta a lány. "Majd én beszélek vele. Végül is zongorázni akarsz, mint munkát, ugye? Mármint egy nap, miután lediplomáztál. És felhívom a tanárodat - kérni fogom, hogy tegyen kivételt a szabály alól."

"Szeretném hallani, hogy ment ez a beszélgetés!" - nevetett a lány. "Jó napot, Mr. Hopper, Brandy anyukája vagyok, és a lányom, nos, időutazott egy száguldó autóba egy idegennel, aztán, meghalt. Szóval, megkérhetném, hogy holnap meghallgatásra jöjjön önhöz?"

"Ez kegyetlen" - mondta az anyja. "Meggondoltad magad, hogy zenei karriert akarsz csinálni? Biztos, hogy állandóan kivételt tesznek a diákok számára?"

"Lehet, hogy igen, de engem nem zavar. Hogy kimaradtam belőle. Mindig van következő fül. Különben is, szeretnék bevásárolni, azt hiszem, ezért járok mindig vissza a közértbe, vagy a ruhaboltba. Emlékszel arra az egy alkalomra?"

Az anyja bólintott.

"Bevásárló után zongorista, aztán tanár" - mondta a tinédzser, miközben kibontotta a karját, és a körmét rágta.

Az anyja rápillantott: "Ne tedd, drágám. A körömrágás annyira nem higiénikus". Brandy a kezére ült. "Ebben a sorrendben?" - mondta az anyja nevetve.

"Talán visszafelé" - visított Brandy, amikor behajtottak a kocsifelhajtóra. "Apa még nincs itthon."

A lánya válasz nélkül használta az automata garázskapu nyitóját. Igen, a férje megint késett. Minden este egyre később ért haza. Azt mondta, hogy a munka tartja fel, és túlóra nélkül kell túlóráznia. Utálta, amikor a férfi soha nem jött haza, hogy Brandyt megnézze, mielőtt lefeküdt volna. Legalább egy kis harapnivalót már készen kaptak. Elkészítette a vacsorát, berendezkedett a szobájában. Így ő és a férje együtt vacsorázhatnának. Szép este lenne, csak ők ketten.

"Fogd a táskákat - mondta.

"Oké, anya - válaszolta Brandy, miközben bementek.

13. FEJEZET

AUSZTRÁL OUTBACK

A fiú Ausztrália északi részén, az Outbackben, egy dobozban élt. Tizenkét éves volt, amikor rátaláltak. A teste eldeformálódott, mivel görbe háttal és felhúzott térdekkel ült - dobozszerűen. Még akkor is, amikor feltörték és kiengedték.

Nem tudott beszélni, vagy nem akart beszélni. Egészen addig, amíg újra bízni nem kezdett. Akkor kinyújtózott, és a teste ellazult.

Jobban szerette a halk hangokat, a suttogó hangokat. A hangos dolgok, a hangos hangok bármilyen fajtája megijesztette. Megremegett és magába zárkózott. Kereste és kiabálta, hogy "Doboz!".

Ott tartották, a sarokban. Míg Sydneyben azt mondták, hogy csak akkor lesz jobban, ha megsemmisítik.

Segített nekik, egy majdnem akkora kalapáccsal, mint ő maga. Amikor apró darabokra törték, a szemei hátracsúsztak a fejében, és eltűnt. Elment. Valahová az elméjébe. Elérhetetlenül.

Senki sem tudta, hogy ki ő. Vagy kihez tartozott. Miféle szülők zárják a gyereküket egy dobozba, mint egy állatot?

Mégsem éheztették ki. Legalábbis élelemért nem. És nem volt kiszáradva.

Ami azt jelentette, hogy valaki a közelben volt. Várták, vadőrök, tisztek, hogy visszajöjjenek - de nem jöttek. Tehát tudniuk kellett, hogy a doboz a dobozban nincs.

Egy pszichológusokból álló csapat kamerákat szerelt fel a házban, így távolról, Sydneyből figyelték a fiút.

Mások a világ minden tájáról szerettek volna "beszállni" a fiú megfigyelésébe. Néhányan a gyermekbántalmazásról, az elhanyagolásról írtak disszertációt. A lista élére küzdötték fel magukat.

A fiú szó nélkül ringatózott előre-hátra. A "Doboz!" volt az egyetlen erőfeszítése. De tudta, hogy mi folyik itt. Hallotta, ahogy suttogtak. Milliomosok, akik örökbe akarták fogadni őt. Ő nem ment sehová. Maradt a helyén. Ez volt az otthona.

A fiú, aki még soha nem aludt ágyban - vagy ha aludt is, nem emlékezett rá -, most nem akart ágyban aludni. Ehelyett összegömbölyödött, és a sarokban, a padlón aludt. Hasznát vette a párnának és a takarónak, amit ott hagytak neki. Ezek a luxuscikkek érintetlenül maradtak.

Amíg eldöntötték, hogy mi legyen vele, egy Nővért neveztek ki. Ausztráliában a nővéreket ápolónőknek is hívják. Bizonyos esetekben a Nővér egyben Nővér (apáca.) Az is előfordul, hogy egy Nővér, aki Nővér, testvér is lehet. Ha az említett Nővér/Nővér férfi volt.

A fiú Nővére/Nővér egy kedves hölgy volt, aki mindig kontyban hordta a haját. Fehér egyenruhát viselt, hozzá illő cipővel, amely minden lépésnél nyikorgott.

Amikor először próbált takarót vetni rá, a fiú úgy sikított, mintha egy dühös felhő támadta volna meg.

"Jól van, jól van - mondta a nővér. Megborzongott, aztán felemelte a takarót. A vállára vetette, és a fiú zihált.

"Puha - mondta a lány.

Bebújt bele. Megszagolta.

"Nagyon puha és meleg - nyögte ki.

A fiú kinyújtotta a kezét, és megérintette a takaró szélét. Megsimogatta, mintha még mindig azon a birkán lenne, ahonnan származik.

"Szeretnéd?" Kérdezte a nővér.

A fiú két napig nemet mondott, aztán megengedte, hogy a lány a vállára terítse. Azután úgy aludt vele, mintha élő dolog lenne. Úgy bújtatta, mint egy kisbabát, és suttogott neki. Végül megnyugodott benne, és nem engedte, hogy a Nővér elvegye vagy kimossa.

A fiú szabadságának negyedik reggelén az állatok elkezdtek gyülekezni odakint a birtok pázsitján. Először egy nőstény kenguru érkezett. A tornác lépcsőjének aljára ugrált, aztán leült a guggolásra, és az ajtót figyelte. Ezután egy emu érkezett, és ugyanezt tette. Aztán jött egy szarka, egy kakadu és egy galah.

A madarak felváltva énekeltek, és úgy tűnt, hogy a hangjuk hívogatja a fiút az ajtón kívülre. Korábban nem volt hajlandó kinyitni az ajtót, vagy kimenni rajta. Amikor azonban meglátta az állatokat és a madarakat, habozás nélkül kiment eléjük.

A nővér a szitázott bejárati ajtó mögül figyelte őt. Nem szerette a kutyákat, macskákat vagy madarakat - sőt, megijesztették -, de ezek a vadállatok megrémítették. Ha kellett, ő is előmerészkedett. Remélte, hogy hamarosan kiküldenek valakit, hogy segítsen neki.

A fiú a verandán állt, és beszívta a levegőt. Szélesre tárta a karját, szélesebbre, aztán megtöltötte a tüdejét a külső levegővel. Mohón szívta be, mohón.

A Nővér, aki azt kívánta, bárcsak a saját fia lenne, figyelte, ahogy a mellkasa kitágul kis testében.

Aztán megtörtént.

A fiú emelkedni kezdett, mintha egy lufi szállna, csakhogy ő nem lufi volt, és nem egy madzagon volt - ő egy kisfiú volt.

A Nővér kiszaladt. Szerette a fiút - és a fiú elszökött. Mögötte becsapódott a rácsos ajtó.

"VÁRJ!" - kiáltotta, és markoló ujjakkal nyúlt a fiú után.

Ahogy a fiú elszökött. Kis lábai felemelkedtek. Elvitték őt, tovább. Ahogy a három madár vitte tovább és tovább.

A lány kapaszkodott, de a fiú már túl messze volt. És így nézte, ahogy a kenguru anyja felemeli a szemét.

És a fiú leesett, az anya vállára. A magasban ült, karjaival a kenguru nyakát átkarolva, és leugrott. Mellettük egy emu tartotta a lépést.

A Nővér, nem tudván, mi mást tehetne - berohant a kocsikulcsáért. Beindította a motort, és követte a fiút, amíg már nem látta.

A fiút, aki egykor egy dobozban élt, elvették az emberek világából. Abba a világba került, ahol az állatok gondoskodnak a sajátjaikról. És ez a gyerek, a sajátjaik közé tartozott. Családtag volt.

És a fiú dalokat énekelt, olyan hangokon, amilyeneket mélyen belülről ismert. És hangosan nevetett, és boldog volt, ahogy elragadtatta magát, a szívében lévő helyre. Oda, ahol ő volt, ahol mindig is az volt, aminek lennie kellett.

14. FEJEZET

LONELY BOY (MAGÁNYOS FIÚ)

JAPÁN TILTOTT ERDEJÉBEN EGY gyermek kiáltása hallatszott. A madarak összegyűltek, csatlakoztak a dalhoz, felerősítve a magányos fiú segítségkérését. Egy bagoly érkezett, és elijesztette a többi madarat. A közelben ült, őrködött és várt.

Egy autó riasztója megszólalt. A jajveszékelése elnyomta a gyermek sírását. A kisfiú egy csecsemőülésben ült. Olyanban, amelyik egy autó hátsó ülésén szokott lenni.

"Katt, katt", és az autóriasztó elhallgatott, elég ideig ahhoz, hogy a sofőr meghallja a gyermek halk sírását. A férjével együtt berohantak az erdőbe, ahol megtalálták a gyermeket, aki rémülten és teljesen egyedül volt. Együtt vigasztalták meg.

Több viaszmadár maradt ott, és figyelt. Felmérték a helyzetet. Zizegtek a tollaik, és csiripeltek. Mintha élőben jelentették volna a gyermek megmentését.

A nő lecsatolta a gyereket. Magához szorította, és olyan kérdéseket tett fel neki, amelyekre még túl fiatal volt a válaszadáshoz. Olyan kérdéseket, mint: "Hol van a Haha, Ko? Hol van a te Otosanod?" (Lefordítva: Hol van az anyád, gyermekem? Hol van az apád?"

A férje átkutatta a környéket. Kiáltott. Amikor senki sem válaszolt, jeleket keresett. Felnőttek lábnyomai. Nem találtak.

"Nincs lábnyom" - mondta, és hitetlenkedve rázta a fejét. Számára az erdő nem volt a kedvenc helye. Jobban szerette a városokat és a zajt. Ő volt az, aki véletlenül bekapcsolta a kocsi riasztóját. Remélte, hogy a felesége el akar majd menni. Ebédet ígért neki a kedvenc éttermében. Ekkor hallotta meg a gyereket, és rohant be az erdőbe.

Követte a feleségét, a biztonsága érdekében. A városban elkerülték azokat a területeket, ahol ragadozók leselkedhettek rá. A gyanútlan, bizalmatlan embereket - mint amilyen a felesége is volt - veszélybe csalogatva.

Az erdő, ez a bizonyos erdő, hangoktól volt hangos. Élt, a fénytől. És a gyermeket, nem hagyhatták magára.

"Menjünk - mondta. "Elvisszük a kórházba, hogy meggyőződjünk róla, hogy jól van, és a rendőrségen meg tudják nézni, hogy kihez tartozik".

A mellkasához szorította a gyereket, a kezét végigsimította a hátán, ahogy egy anya tenné a saját gyermekével. Az ő fejében ő csak az volt, az ő gyermeke. A gyermek, akit soha nem kaphatott meg, aki őt hívta, és ő jött a tiltott erdőbe, és követelte őt.

"Ő az enyém - mondta először dacosan, majd halkabban -, úgy értem, a miénk. A mi gyermekünk. A fiú, akit mindig is akartál."

A férje a fiúra nézett. Szüksége volt rájuk. És túl kicsi volt, túl fiatal ahhoz, hogy emlékezzen bármire is azelőtt. Már bízott bennük. Senki sem fogja megtudni, gondolta. És mégis, helyes volt, hogy ezt a gyermeket magukhoz vették, mint a sajátjukat?

"Senki sem tudná meg - mondta a felesége, mintha olvasott volna a gondolataiban.

Tizenkét együtt töltött év után gyakran megesett ez. Hasonló dolgokat gondoltak. Egyszerre beszéltek. Befejezték egymás mondatait.

Szerető és stabil pár voltak. Együtt annyi mindent tudtak adni egy gyermeknek. A sors mégsem adott nekik sajátot.

Átadta a gyermeket a férjének, és várt.

A madarak odafentről láthatták, ahogy remegett a karja. Énekelve biztatták, hogy vegye el a gyermeket. Segítettek neki eldönteni, hogy a gyermek most már az övék.

Ő már igényt tartott rá a szívében és a lelkében. A férje is, de az önzőség között tépelődött. Helyesen akart cselekedni, nem önző módon.

"Szeretnél velünk élni?" - kérdezte a gyermektől.

Bár nem válaszolt, hárman elindultak vissza a parkoló felé. A fiút a hátsó ülés közepére tették, távol a légzsákoktól.

A madarak és a bagoly bólintottak, majd elrepültek az erdőbe.

15. FEJEZET

ÖREG NŐ

E GY ÖREGASSZONY HINTÁZIK A székében, előre-hátra, hátra-hátra. Emlékei múlékonyak, mint a felhők. Gyakran elérhetetlenek.

Zűrzavar költözik belé. Hamarosan mindent a semmivel helyettesít az elméjében.

A demencia nem a beteg ember kívánságai vagy szükségletei szerint választja ki áldozatait. Célja - összezavarni. Elidegeníteni. Kitörölni.

Szembenézett vele, egészen addig, amíg egy nap minden a feje tetejére nem állt.

Most már így nevezte, felborult. Vagy röviden T/T. A másik dolog rossz volt, egyre rosszabb. De a topsy-turvy azt jelentette, hogy nem volt őrült, és ami ennél is több, azt jelentette, hogy nem volt egyedül - többé már nem.

Az elméjében mindent látott. Néha lassított felvételben történt, mintha egy gombot nyomott volna meg a távirányítón. Néha jelenetek játszódtak le újra és újra, visszafelé, előre, hurokban. Máskor pedig a történések kellős közepén volt, és első kézből figyelte, mint egy riporter.

Amikor először történt, félt, hogy baja esik vagy megölik. Hajmeresztő dolgoknak volt szemtanúja. De amikor rájött, hogy a körülötte lévők nem látják vagy hallják, akkor megnyugodott. Az arkangyalokat leszámítva tudták, hogy ott van, de nem hagyták, hogy mások tudomást szerezzenek a jelenlétéről.

Mint például akkor, amikor az elméje Hollandiába repült. Letelepedett, és figyelte a kislányt. Felkiáltott, amikor a gyermek elvesztette a látását. Tehetetlennek érezte magát, hiszen nem tudott mást tenni, csak nézni. Ez is megváltozott, idővel.

Aztán Lia és E-Z barátok lettek, és Alfréd, a hattyú is csatlakozott hozzájuk. Figyelte őket, hallgatózott. Úgy érezte magát, mint a csapatuk láthatatlan, hallatlan tagja. Látta, ahogy együtt dolgoznak, és szilárd barátokká váltak.

Aztán hirtelen gondolatban Lia-hoz szólt, és a kislány válaszolt. Egy teljesen új világ nyílt meg Rosalie előtt.

Eleinte kissé korlátozott volt a beszélgetésük. Bár nagy volt a korkülönbség, mégis volt néhány közös vonásuk. Mint például a balett iránti szeretetük.

Amióta az arkangyalok megváltoztatták a szabályokat, Rosalie még inkább szemmel tartotta a Hármast. Mégis, ezek a szóváltások nem voltak elegek ahhoz, hogy kihívják az elméjét, hogy lefoglalják az elméjét.

Ekkor fedezte fel Rosalie a Másokat. Gyerekeket, akik a világ más részein egyedülálló képességekkel rendelkeztek - és ő beszélni tudott velük.

Először Brandy volt ott, egy tinédzser, aki az Egyesült Államokban élt. Aztán jött a kommunikáció Lachie-vel, más néven a Fiú a dobozban. Harmadikként, de nem utolsósorban Haruto, aki Japánban élt. Haruto volt a legfiatalabb a sok közül. Mindhárom gyermeknek voltak képességei. És ő volt a magányos összekötő.

Egyelőre Lia tartotta őt kapcsolatban Alfréddal és E-Z-vel, de hamarosan el kell mondania nekik mindent a többiekről.

Rosalie megremegett, amikor a kísérők megérkeztek az ételével. Vörös zselé. A kedvence. Megette az elsőt, miután tejszínt öntött rá. Tejszínt, aminek a kávéjába kellett volna kerülnie.

Fejben köszönetet mondott a lánynak, aki az ételt hozta, mert Rosalie nem tudott beszélni. Képtelen volt beszélni. Csak fejben tudott kommunikálni...

A Hármast megidézni, hogy meglátogassa őt az Idősek Otthonában, nem tűnt helyesnek. Egyelőre hagyta, hogy Lia titokban tartsa, és jegyzeteket készít Brandyről, Lachie-ről és Harutóról, és egy könyvbe írja őket.

El kell majd rejtenie, az arkangyalok elől. Titkos aktát vezetne. Nem akarta szem elől téveszteni ezeket a gyerekeket, bármi történjék is.

"Ó!" - kiáltott fel, és benyúlt az ágya melletti éjjeliszekrény felső fiókjába. Eszébe jutott egy ajándék. Egy jegyzetfüzet, az elején ez állt: "Boldog születésnapot!".

Az első néhány oldalra firkált. Nem alkotott igazi szavakat, aztán amikor a tizenharmadik oldalra ért. A tizenhárom számára mindig is szerencseszám volt, elkezdett írni Brandy-ről, Harutóról és Lachie-ről. Annyi mindent kellett írnia. Amikor megfájdult a keze, abbahagyta, egy kicsit meghajlította, aztán rögtön folytatta az írást.

Rosalie azon tűnődött, vajon vannak-e még más gyerekek is ezen a három új gyereken kívül. Ha várna egy kicsit, talán ők is megszólítanák. Jobb lenne, ha akkor árulná el a titkát, amikor már minden gyerek felfedte magát.

Rosalie vigyázott, hogy ne írja a könyv külsejére, hogy "Titok" vagy "Magánügy". És örült, hogy nem volt hozzá kulcs. Ez a három dolog mindenkit, aki meglátta a füzetet, arra késztetett volna, hogy elolvassa. Kíváncsiak lennének, mint egy macska. Rengeteg korabeli ember volt kíváncsi. De nem akarnák elolvasni, miután meglátták az első tizenhárom kusza oldalt.

Átlapozta a könyv végére. Rosalie az utolsó tizenhárom oldalt még rendetlenebb kézírással töltötte meg. Aztán visszatette a könyvet és a tollakat a fiókba, és becsukta.

Elmosolyodott, hátradőlt a párnán, és a vacsorára gondolva pihentette a karját. Leginkább a desszertre.

16. FEJEZET

HOL FOGSZ ÁLLNI?

VAN EGY VILÁG, AMELYBEN élünk, egy világ, amely tele van jó és rossz emberekkel. Egy világ, amelyet emberi lények irányítanak, akik hibásak és tökéletlenek. Emberek, akik nem robotok... Nem arra vannak programozva, hogy jók vagy rosszak legyenek.

Tanuljuk az életünket, abból, amit látunk, amit észreveszünk, amit tanítanak nekünk és amivé válunk.

Tanulunk azokból az alapokból, amelyeket lefektettek nekünk. Ahogy növekszünk és tágítjuk a látókörünket, döntéseket kell hoznunk.

Rajtunk múlik, hogy a megtanult tudást alkalmazzuk. Hogy válasszunk a rossz és a jó között.

Az idők során nagyszerű embereket vertek át. Nagy és hatalmas embereket. Még felnőtteket is.

Néha a döntés könnyű. Szürke zónák nélkül. Néha a rajtunk kívül álló erők vezetnek minket. Mások arra kényszerítenek, hogy kövessük az etikai kódexüket. Néha vannak váratlan elemek.

Tegyük fel, hogy egy úton haladunk, és valaki útlezárást állít. Leszedhetjük, vagy megállhatunk, és megvárhatjuk, hogy az illető eltávolítsa. Választhatunk.

Az élet a döntésekről szól. A döntések, amelyeket meghozunk, az életünkre is sorba állíthatnak bennünket. Követjük ezt az utat, a jó döntéseinkből kirakott téglákkal.

Vagy hagyhatjuk magunkat félrevezetni. Becsapva. Becsapjuk magunkat, hogy ellenkezzünk azzal, amit igaznak tudunk.

Amikor ez megtörténik, minden összeomolhat - mint a dominó.

És a tetteinknek - vagy a tétlenségünknek - következményei lesznek. Nem csak magunkra nézve. Amit teszünk, az hatással van másokra is.

És végül, miután meghalunk, mindannyian elkapnak és a Lélekfogónk karjaiba zárnak minket.

A Fúriák - három gonosz istennő - átveszik az irányítást a lélekfogók felett.

A Lélekfogókat elrabolják.

A lelkek otthon nélkül repkednek.

Hontalan lelkek.

Káosz van a láthatáron.

Hol fogsz állni?

17. FEJEZET

ROSALIE A FEHÉR SZOBÁBAN

ROSALIE KINYITOTTA A SZEMét. Ebédidő volt, és ő reggeliző tálcát kért. A szobája az ebédlő felé vezető úton volt. Amikor odavitték az ételt, szalonnaillatot érzett. A szája megeredt tőle. És a kávé. Várta a sorát. Nem volt más választása, mint kivárni a sorát.

Tudta, hogy a lakókat inkább az ebédlőben etetik. Megértette, hogy be kell tartani a menetrendet. Mégis tudta, hogy előbb-utóbb eljutnak hozzá. Az idősek otthonában, ahol élt, mindig így tettek.

Megfigyelt egy kardinálist az ablak előtti fán, és fontolóra vette, hogy felkeljen az ágyból, hogy közelebbről is megnézze. De amikor visszahajtotta a takarót, és kilépett a szőnyegre - furcsán érezte magát. Bolyhosnak.

És a Fehér Szobában landolt.

Semmi sem változott, mióta E-Z ott volt. És nem is kellett sok idő, hogy Rosalie talpra álljon, és felfedezőútra induljon.

Ahogy végigfuttatta az ujjait a könyvespolcokon, déjà vu érzése támadt. Járt már ebben a szobában korábban?

A szoba közepére lépett, és megfordult. A könyvespolcok csak folytatódtak és folytatódtak. Ameddig a szem ellátott. A magasságuktól megszédült, és legszívesebben leült volna, hogy levegőhöz jusson.

BINGO

Egy kényelmes szék jelent meg, és a lány belepottyant. Hátradőlt, aztán rájött, hogy kerekei vannak, és meg tud forogni, és megfordította. És forgatta. Aztán lehunyta a szemét, és megpihent. Örült, hogy még nem reggelizett, mert a gyomra kissé émelygett, amikor fölötte valami megmozdult.

Vagy csak képzelte.

"Te ott!" - kiáltotta, és a semmire és senkire mutatott. "Láttam, hogy megmozdultál, te, te kis... akármi is vagy, gyere elő, gyere elő" - hízelgett.

Úgy döntött, hogy csak képzelődött; visszament, hogy tovább vizsgálja a környezetét. És azon tűnődött, hogyan kerülhetett erre a helyre.

"Visszatértem a szobámba, és csak képzelem, hogy itt vagyok?" Körmeivel a szék karfájába vájt. Figyelte, ahogy nyomokat kaparnak a bőrfelületbe. A nyomok könnyű karcolások voltak, elég könnyűek ahhoz, hogy egy kis dörzsöléssel eltávolíthatók legyenek. Elvégre ő vendég volt, és a vendégeknek mindig vigyázniuk kell arra a helyre, ahol éppen tartózkodnak. Különben nem hívják vissza őket többé.

Fölötte ismét megmozdult valami. Ezúttal szárnycsapkodás hangja kísérte. Talán egy madár rekedt odafent, és nem tudott kijutni?

"Jövök, kicsim - mondta, felállt, és a létra felé indult.

A faszerkezet, mintha olvasni tudna a gondolataiban, végiggurult a padlón, és megállt a lába előtt.

"Ugorj fel!" - mondta.

Rosalie megtette, és csak akkor vette észre, hogy az a valami hozzá szólt, amikor az megmozdult.

"Ööö, köszönöm" - mondta, amikor az megállt.

"Szívesen" - mondta a létra. "Valamelyik könyvet keresi konkrétan?"

Rosalie felnevetett. "Mintha madarat hallottam volna. Shhhh."

A létra felnevetett. "Itt nincsenek madarak, asszonyom. A hang, amit hall, a könyvekből jön."

"Szárnyas könyvek?" "Igen" - válaszolta a létra. Aztán: "Te ott! Gyere ide!"

Rosalie figyelte, ahogy egy vastag, fekete könyv a polc szélére tolja magát. Aztán elöl és hátul szárnyak nőttek ki belőle. Ha lefelé repült, és Rosalie kezében landolt.

"Ó, te jó ég!" - mondta, miközben a gerincét nézte. "Azt hiszem, ezt már olvastam."

DWOING.

A könyv kiszakadt a kezéből, és visszatért eredeti helyére a polcon.

"Sajnálom" - mondta Rosalie. Aztán a létrához: "Remélem, nem sértettem meg Dickens urat".

"Ha most már végzett velem" - mondta a létra - "Javasolhatom, hogy ugorjon le?".

"Sajnálom, hogy az idejét vesztegettem" - mondta a lány.

"Nem is. Örülök, hogy a szolgálatára lehettem."

Rosalie lelépett, és a létra a szoba másik oldalára száguldott.

Rosalie megtapogatta a homlokát, nem, nem volt lázas. A vércukorszintje biztosan túl alacsonyra esett. És most nem fog tudni enni, órákig nem. És az a tolvaj Agnes Lindsay ellopná a reggelijét. Beosonna a szobájába, és megenné az összes falatot. Mikor az ápolók visszajönnének a tálcáért, azt hinnék, hogy Rosalie megette. Rosalie és Agnes esküdt ellenségek voltak.

Hogy elterelje a korgó gyomráról a figyelmét, Rosalie a könyvekre koncentrált. Különösen egy könyvre. Egy könyvre, amelyet kislánykorában szeretett újra és újra elolvasni. A címe Anne of Green Gables volt, írta, írta... Nem emlékezett a szerző nevére.

"Lucy Maud Montgomery - mondta a létra, ahogy a lány mellé száguldott. "Ugorj egyet" - mondta.

"Á, köszönöm az ajánlatot, de túl éhes vagyok, és talán túl szédült is ahhoz, hogy felmásszak rád."

"Foglaljon helyet", mondta a létra, "odaát". Ekkor a létra füttyentett, és magasan a polcokon egy könyv mozdult előre. Elöl és hátul szárnyakat növesztett, és Rosalie kezébe repült. A lány a mellkasához szorította.

"Köszönöm - mondta.

"Ez minden?" - érdeklődött a létra.

"Igen, hacsak nincs valahol ebben a szobában elrejtve egy plusz olvasószemüveged."

BINGÓ.

A szemüvege megjelent, és tökéletesen egyenesen ült az orrán.

A létra visszatért a korábbi helyére.

Rosalie bokája megfájdult.

BINGÓ.

A lába alatt felpattant egy állvány.

Kinyitotta a könyvet. Benne a könyv névadójának, Anne Shirley-nek a vázlata volt. Végigfuttatta az ujját a kis árva lány vörös hajának körvonalain.

Anne rákacsintott Rosalie-ra. Aki pislogott, majd viszonozta mosolyogva. Hallott már korábban is interaktív könyvekről, de ez a mostani még inkább lenyűgözte!

Remegő kézzel kibontotta Kanada térképét, Szeme követte a nyilakat, amelyek a Prince Edward-szigetre vezettek. Gondolatban végigjárta a távolságot - és megérkezett Green Gablesbe. A ház előtt ott álltak Cuthberték. Anne-t várták.

Lapozott, és olvasni kezdett. Nevetve nézett végig minden egyes szorult helyzetet, amibe Anne keveredett.

Aztán Rosalie gyomra korgott, és valami nagyon nem reggeli jellegűre vágyott. Egy zselés salátát. Valami olyasmit, amit az anyja szokott neki készíteni különleges alkalmakkor, amikor még kislány volt. A kedvenc része a tejszínhab volt a tetején.

BINGÓ.

Ott állt előtte egy zselés saláta szivárványos rétegben, a tetején egy púpozott tejszínhabbal. Azt hitte, kanál és

BINGO.

Megjelent egy. De aztán eszébe jutott, hogy az anyja és az apja mennyire leszidta volna, ha előbb megeszi a desszertet. Krumplipürére gondolt. Gőzölgő, forró, olvadó vajjal a tetején. Ó, és fasírtra ketchuppal. És a kertből frissen szedett borsó.

BINGÓ.

Egy hatalmas tál krumplipüré állt előtte. Az oldalán olvadt vaj. Műalkotás volt. Majdnem túl jónak tűnt ahhoz, hogy megegye.

Mellette egy négyzet alakú fasírt volt, a tetején ketchuppal.

És egy külön tálban borsó. Egy szál mentával a tetején.

Elmosolyodott. Kislányként nem szerette, ha az ételtárgyai összeérnek. Ebben a szobában a szakács tudta, mit szeret.

De a szakács elfelejtett neki evőeszközöket adni. Egy kést és egy villát képzelt el.

BINGÓ.

Azok is megérkeztek. Mohón evett. Óvatosan, nehogy kárt tegyen Anne of Green Gables-ben. A könyv védelmet érezve felröppent, és a levegőben lebegett, ahol Rosalie könnyen elérhette.

Rosalie mindent megevett, beleértve a zselés salátát is, amely a kanálon rázkódott.

Amikor befejezte

BINGO

a tányérok, evőeszközök stb. eltűntek.

Miután néhány pillanatig hálát adott a kapott ételért, felnézett a könyvre.

Ha odarepült hozzá, és folytatta az olvasást.

Olvasott és várt.

Hogy mire, vagy kire várt - nem tudta.

18. FEJEZET

CHARLES DICKENS

Az angliai London városában egy fémkonténer zuhant le az égből.

Maga a konténer nem volt hosszú, vagy silószerű. Valójában leginkább egy kapszulára hasonlított. A különbség az volt, hogy ez a tárgy négyzet alakú volt, és nem voltak ablakai. Ablakok helyett minden oldalról tükrökkel volt ellátva. Mivel lapos volt, amikor a vízbe csapódott, hatalmas erővel csúszott át rajta. A Temze partján landolt.

Mindezt két detektív figyelte, akiket Johnnak és Paulnak hívtak. Mindkét férfi a harmincas éveiben járt. A detektálásból éltek. Ezért hivatásos detektíveknek számítottak.

A detektívek munkaideje változó volt. Önálló vállalkozók voltak, és felelősek voltak eszközeik karbantartásáért és kezeléséért.

Egy detektívnek sok eszközre volt szüksége. Nem akart felkészületlenül ásatásra indulni. A legtöbben mindenhová magukkal vittek egy szerszámosládát.

Ebben voltak a nélkülözhetetlen tárgyak. Hogy csak néhányat említsek: fejhallgató, esővédő, hám, ásószerszámok, simító, szerszámöv, kötény (zsebekkel,) vízálló tasak, hátizsák, szemeteszsák.

John és Paul legtöbb ásatása Londonban volt, a Temzén. A törvény által előírtaknak megfelelően Standard és Mudlark engedélyt vittek magukkal. Ezeket a londoni kikötői hatóság adta ki.

Az engedély lehetővé tette számukra, hogy szükség esetén 7,5 cm mélységig ássanak (a létrára szükség volt, akár ásni akartak, akár nem.)

A szögletes tárgy esetében - amely előttük landolt - némi gondolkodásra volt szükség. Mielőtt elhozták és igényt tartottak rá.

"Van kedve közelebbről megnézni?" Paul megkérdezte.

John, aki nem sokat beszélt, bólintott.

Szerszámokkal a kezükben trappoltak előre. Gumicsizmáik csattogtak és csattogtak, minden egyes lépésükkel kiszorítva a sarat és a vizet. A folyópart gyakran nagyon iszapos volt, miután több napon át folyamatosan esett az eső.

"Követelés!" mondta Paul.

"Jogos" - mondta John.

Bár mindketten pontosan ugyanabban az időben látták, tudta, hogy ez az ő részéről is követelés volt. Társak voltak, mindig is azok voltak, és ezen semmi sem változtathatott.

Mindketten addig trappoltak, amíg el nem értek oda. Olyan volt, mint egy négyzet alakú tükörgömb, és amikor megpróbálták megvizsgálni, csak a saját tükörképüket látták benne.

"Le kell vágatni a hajam" - mondta John.

Paul gúnyolódott, miközben a csizmája lábujjával megérintette az oldalát. "Valahogy csak ki lehet nyitni" - mondta.

"Túl nagy ahhoz, hogy átguruljunk rajta" - mondta John, miközben egy mérőszalagot vett elő a zsebéből, és megmérte az egyik oldal magasságát. Megmutatta az eredményt Paulnak, amelyen az állt: 60 centiméter.

Körbejárták a tárgyat. Időnként megálltak, hogy megkocogtassák, megkocogtassák. Vigyázva, nehogy koszos ujjlenyomatot hagyjanak a tükrös tárgyon. De remélve, hogy megérintenek egy titkos gombot, és felpattintják.

És hallgatóztak. Hogy megbizonyosodjanak róla, hogy nem ketyeg.

"Talán el kellene vinnünk a múzeumba, vagy jelenteni a felfedezésünket?" Paul javasolta. "Küldenének egy teherautót, vagy egy darut, hogy felvegyék és elszállítsák. Miután a tűzszerészek megnézték."

John megrázta a fejét.

"Ha odaküldik a tűzszerészeket, felrobbantják. Mindenütt törött üvegek lesznek, és a követelésünk haszontalan lesz."

"Igaz, igaz" - mondta Paul. "Azok a fickók imádnak felrobbantani dolgokat. Úgy értem, ez egy előny, nem igaz?"

"Azt hiszem, igen. Most mihez kezdjünk? Nem ketyeg. Ebben a tekintetben tiszták vagyunk."

"Igen. Nincs szükség az osztagra" - mondta Paul. Körbejárta a tárgyat, kezét a háta mögött tartva. Ez volt az ő gondolkodó járása. John követte mögötte, lépteit követve, kezét a háta mögé téve.

Paul azt mondta: - Ki kell derítenünk, hogy mi ez, és milyen régi. Csak bizonyos dolgokat kell követelnünk az 1996-os kincsekről szóló törvény szerint. Nem tűnik aranynak vagy ezüstnek, és semmiképpen sem tűnik háromszáz évnél idősebbnek. Lehet, hogy ez a lelet a miénk és csakis a miénk, vagyis lehet, hogy nem kell jelentenünk a helyi FLO-nak (Finds Liaison Officer).

"Határozottan nem arany vagy ezüst - mondta John, megkopogtatta a fémtárgyat, és hallgatózott. Üregesen hangzott. Megkopogtatta néhány helyen, és figyelt.

Fölöttük két fény jelent meg.

Az egyik zöld volt, a másik sárga.

A tárgy tetején landoltak.

"Hess!" Mondta Paul.

"Megőrültünk?" Kérdezte John a fejét vakargatva.

"Nem hiszem" - válaszolta Paul.

A fények felemelkedtek és körbeúsztak. Mindketten leestek a konténer lábához. Miután megállapodtak, a fények felemelték, és a helyén tartották.

Másodpercekkel később forogni kezdett, először lassan, majd gyorsabban. Hamarosan már nagy sebességgel forgott. Ahogy forgott, magas hangon énekelni kezdett.

A detektívek térdre estek, és kezükkel befogták a fülüket. A testüket hányinger gyötörte, ami nem volt más, mint a tengeribetegség. És nagyon féltek.

"Mi történik?!" John felsikoltott.

"Azt hiszem, kikel a dolog!" válaszolta Paul.

Ahogy a tartály a földre zuhant, lüktetett. Rázkódott. Megremegett. Ahogy a tükrös doboz kiábrándult, egy része felvonóhídként ereszkedett le a füves folyópartra.

"Arrrgggggh!" - kiáltották a detektoristák.

Vártak, és az ujjaik közötti résen keresztül néztek. Már nem érdekelte őket, hogy igényt tartsanak a dologra. Már nem érdekelte őket az értéke.

Kilépett egy fiatal fiú.

"Ez egy gyerek" - mondta Paul felállva.

John is felállt, és csípőre tette a kezét.

"Várj - mondta Paul. "Úgy van öltözve, mint azok a Twist Olivér-gyerekek."

"Újjászülettem" - kiáltotta a fiú, megdöntötte a sapkáját, majd visszatette a fejére. Nyújtózkodott, ásított, majd szemügyre vette a környezetét. "Nézd csak, ott! A Parlament épületei. Megváltoztak, mióta utoljára láttam őket. És figyelj" - mondta, miközben az óra egyszer, kétszer háromszor ütött. "Miért tették ketrecbe a Nagyharangot?" - kérdezte.

"Hogy érti, hogy ketrecbe? És Big Ben a neve" - mondta Paul. "És miért vagy így öltözve? Valami jelmezbálon veszel részt?"

A fiú végigtapogatta a mellénye elejét. Ellenőrizte, hogy a mellénye teljesen be van-e gombolva, és hogy a nadrágszára teljesen le van-e húzva. Inkább rövid nadrágot szokott viselni, a hosszabbak mindig be akartak bújni. A fején kalap volt, amelyet levett, mielőtt újra megszólalt volna.

"Tudja az utat Portsmouthba?" - kérdezte. "Anya és apa aggódni fognak értem."

A detektívek egymásra néztek, de egyikük sem szólalt meg. Életükben először most az egyszer szótlanok voltak.

"Elmegyek" - mondta a fiú, és újra feltette a kalapját.

POP.

POP.

Hadz és Reiki megérkezett, és blokkolva repült közvetlenül a fiatal fiú szeme elé.

"Charles Dickens, ezzel a két emberrel kell maradnod. Ők majd elvisznek oda, ahová menned kell. Neked E-Z-vel kell lenned."

"Mit mondtak?" John a fülét dörzsölgetve kérdezte. "Azt hiszem, megőrülök."

"Azt mondták, hogy ő Charles És Dickens. Charles Dickens! És nekünk segítenünk kell neki eljutni az E-Z-be, bárki is legyen az, amikor otthon van" - válaszolta Paul.

Charles Dickens. AZ a Charles Dickens. Más néven E-Z és Sam távoli rokona... - Meglegyintette a sapkáját a két tündérszerű lény felé. "Volt egyszer egy könyvem, aminek a borítóján Grimm tündér volt. Ismeritek őt?" - kérdezte.

Hadz és Reiki kuncogott, majd eltűntek.

POP

POP.

Charles Dickens újra felhúzta a kalapját: "Elmegyek Portsmouthba". Elindult.

"Nem, nem mész" - mondták a detektívek egybehangzóan.

"Dehogynem" - mondta.

"Portsmouth hosszú séta" - mondta John.

Mögöttük a tükörkocka remegni és zörögni kezdett. Aztán megszólalt: "Ez a cybus autem speculatam 5, 4, 3, 2, 1, 0 alatt önmegsemmisül".

A detektoristák a földre zuhantak, kezükkel eltakarták a fejüket.

POOF.

És eltűnt.

"Hú!" Mondta Dickens. Aztán a London Eye felé mutatott. "Az meg mi a fene az?" - kérdezte.

A detektívek Charles elé szaladtak. Előretoltak és szabaddá tették az utat. Mint két futballvédő, úgy vigyáztak rá. Kerékpárokat, gyalogosokat és kóbor kutyákat kerülgetve. Más utakra terelték, hogy elkerülje a villamosokat, taxikat és robogókat.

"London Eye-nak hívják, és mérföldekre látni onnan fentről."

"Van rá esély, hogy hamarosan ehetünk valamit?" Charles a gyomrát dörzsölgetve kérdezte.

"Miért nem jössz át hozzánk, és iszunk előbb egy csésze teát?" - kérdezte Paul. "Anyám remek teát főz, és talán még egy-két kekszet is ad hozzá."

"Nekem jól hangzik" - mondta Dickens. "Aztán haza kell mennem. Anya már kíváncsi lesz, hol vagyok. Nem szabadna sokáig kint maradnom, és tekintve, hogy hol áll a nap, gondolom, hamarosan le fog menni."

Amikor a Convent Gardenshez közeledtek, Dickens észrevett egy emléktáblát. "Nézd csak - mondta. "Ide van írva a nevem."

John és Paul Charles Dickensre nézett.

"Micsoda?" - kérdezte.

"Te leszel minden idők leghíresebb brit írója" - mondta John. "És Twist Olivér az egyik leghíresebb karaktered."

"Valóban?" Charles megkérdezte.

"Így van" - mondta Paul. "És nem akarlak megbántani, vagy ilyesmi, de tudod, William Shakespeare is elég híres" - mondta Paul.

"Shakespeare drámaíró volt. Én is írtam színdarabokat?" Charles megkérdezte.

"Nem, regényeket írtál. Akkor talán igazad volt."

Megérkeztek Paul házához: "Anya, ő itt Charles Dickens" - mondta.

A konyhában állt, pinnyét (kötényt) viselt, és megtörölte a kezét az elejébe, mielőtt kezet rázott Charles-szal.

"Valami rokonságban állsz azzal a Charles Dickensszel?" Paul anyukája kérdezte.

"Örülök, hogy újra látlak" - mondta John, témát váltva. "Lehetnék olyan udvariatlan, hogy kérjek egy csésze teát egy kis kenyérrel és vajjal?"

"Ti hárman menjetek be, és üljetek le, mindjárt hozom" - mondta, és kitessékelte őket a konyhából.

Letelepedtek az első szobában. Paul az ablakhoz közel ült, hogy a hálós függönyön keresztül kinézhessen.

Közben John és Paul is hasonlóan gondolkodott. Hogy hogyan fedezték fel Charles Dickens-t, és hogyan tudnának egy kis pénzt csinálni belőle.

Paul keresgélt: Mikor halt meg Charles Dickens Charles Dickens? Válasz: "Mikor halt meg Dick Dickens? 1870. Megmutatta a képernyőt Johnnak.

"Miért akartál Portsmouthba menni?" Kérdezte John.

"Régebben ott éltem" - mondta Charles.

"Vannak még könyveid?" - kérdezte Paul. "Úgy értem, olyan könyvek, amelyeket még nem adtál ki?"

"Nem tudom" - mondta Charles. "Sok könyvet írtam már?"

"Igen, biztosan írtál, Charles" - mondta John.

"Van köztük jó is?" Charles érdeklődött.

"Twist Olivért olvastam, amikor még kisfiú voltam, és a Nagy várakozást is. Kiváló, de az én ízlésemnek egy kicsit hosszú" - mondta Paul.

"A Karácsonyi ének jó volt" - mondta John - "Nem túl hosszú, és kitűnő tanulsággal szolgál".

A szobában néhány percig csend volt.

"Meg kell találnom ezt az Ezekiel Dickenst - vagy ahogy a barátai ismerik, E-Z-t" - mondta Charles. "Nem tudom, honnan tudom, de azt hiszem, Amerikában él." Ásított és alig tudta nyitva tartani a szemét.

Paul anyukája lépett be, kezében egy tálcával, tele finomságokkal. Mindenki jóllakott, és Charles hamarosan elaludt a fotelben.

"Á, a kicsi mélyen alszik" - mondta Paul anyukája, miközben egy takarót terített rá.

"Olyan kicsi még" - mondta.

"De ő az egyik legnagyobb író."

John közbeszólt: "Az írás a vérében van, úgyhogy lehet, hogy egy nap nagy író lesz belőle."

Paul anyukája nevetett, aztán felment a szobájába, hogy nézzen egy kis tévét.

Közben Paul és John megvitatták, hogy mit kellene Charles Dickensszel kezdeniük.

"Kár, hogy nem tarthatjuk meg" - mondta John.

"Hát, nem hiszem, hogy a múzeum befogadná" - mondta Paul.

Mindketten megegyeztek abban, hogy kutakodni fognak Charles Dickensről az interneten.

POP

POP.

John és Paul úgy bámult előre, mintha aludnának. Még akkor is, ha messze voltak. Hadz és Reiki egy dalt énekelt nekik, ami valahogy így szólt:

"Charles Dickens csak egy fiú.

Ő nem egy detektív játékszere.

Segítsetek neki megtalálni az unokatestvérét az USA-ban.

Tegyétek meg reggel, különben megfizetünk érte!"

Ez a dal addig járt John és Pauls fejében, amíg nem tudták, mit kell tenniük.

"Megkeressük E-Z Dickens-t - mondta Paul.

"Igen, ez a helyes dolog" - mondta John.

POP

POP.

És már el is tűntek.

19. FEJEZET

ROSALIE UNATKOZIK

ROSALIE EGYRE INKÁBB BELEFÁRADT az Anne of Green Gables olvasásába. Minél idősebb lett, annál nehezebben tudott sokáig koncentrálni egy dologra. Levette a szemüvegét, és azt kívánta, bárcsak lenne egy levendulaszínű maszk, hogy eltakarja a szemét.

BINGÓ.

Egy puha, levendulaillatot árasztó maszk eltakarta a fényt, és megnyugtatta fáradt szemét.

"Mintha egy varázsdzsinn lenne itt!" - mondta, majd lehunyta a szemét, és álomba merült.

Amikor valamivel később felébredt, és levette a maszkot, ismét az ágyában feküdt az idősek lakásában. Vajon megőrült, vagy csak gondolatban tett egy utazást?

Rosalie kissé fázott, valószínűleg a hideg, steril környezet miatt, amelyben lakott. A nap bizonyos időszakaiban csökkent a hőmérséklet.

Ilyenkor észrevette, hogy a lakók a szobáikban tartózkodnak, míg a jelenlévők rendet raknak. Mivel keményen dolgoztak, nem vették észre a hideget. Nem úgy, mint az idősek, akik semmit sem csináltak.

BINGÓ.

Kinyílt a szekrénye alsó fiókja, és a puha, bolyhos, piros pulóvere felé repült. Megnyugodott, miközben beletette a karját. Összebújt, érezve a melegét, ahogy a dolog begombolta magát.

"Ez egy meglehetősen furcsa esemény - mondta.

Csendben ült, és egy csésze forró teáról álmodozott, sok cukorral és tejjel.

BINGÓ.

Egy díszes teáskanna, rajta virágokkal, érkezett a közeli asztalra. Amikor a tea felforrt, beleöntötte magát egy hozzáillő teáscsészébe, hozzáadta a két kockacukrot és egy löttyintés tejet.

"Három kockacukrot kérek - kérte Rosalie.

Egy harmadik darabka is került bele.

A csésze tea a csészealjra helyezett csészealjon felé úszott.

"Mit szólna egy-két mézeskalács kekszhez?" - kérdezte.

Megállt a levegőben.

BINGÓ.

Most a csészealjon két keksz volt.

"Elfelejtettél egy teáskanalat!"

BINGÓ.

"Köszönöm" - mondta a lány, még mindig azon tűnődve, hogy vajon hallucinál-e és/vagy elvesztette-e az eszét.

A tea még mindig forró volt, de nem túl forró. Édes, de nem túl édes. És nagyon jól esett a kenyérrel.

Amikor az utolsó cseppig belekortyolt a csészéből......

BINGO

A tea eltűnt a kezéből.

Azon tűnődött, vajon meddig tartanak még ezek a bűvészmutatványok, vagy a képzeletének trükkjei. Amíg tartottak, addig teljes mértékben kiélvezte őket.

"Várj egy percet!"

Eszébe jutott a könyv. Arra, amit nem akarta, hogy bárki is elolvashasson.

"Megtennéd - kérdezte a levegőt -, hogy megjavítod, hogy a másik, aki el tudja olvasni a könyvemet". Belenyúlt a fiókba, és felemelte. "Szóval, az egyetlen, aki rajtam kívül el tudja olvasni, az Lia, Alfréd és E-Z. Senki más. Ha bárki más megtalálja, és átlapozza a lapokat, mindegyik üres lesz."

Várt egy jelre. Vagy egy hangot, de nem jött semmi.

Visszatette a könyvet a fiókba, megfordult, és újra elaludt.

POP

POP

"Alszik már?" Hadz megkérdezte.

"Azt hiszem, igen. Horkol!"

"Vigyázz, nehogy felébredjen! De fel kell hoznunk a fedélzetre - mármint hivatalosan."

"Az arkangyalok adtak neki erőt, hogy vigyázzon Liára, E-Z-re és Alfrédra. Ők tudnak róla" - idézte fel Reiki.

"Ez igaz, és ő hűséges lesz azokhoz a gyerekekhez. És a többiekhez is. Az arkangyalok nem tudnak róluk konkrétumokat - és szerintem jobb is így."

"Egyetértek. Szóval, mit kell tennünk. Hogy ez így legyen?"

"Rosalie" - súgta Hadz egyenesen a bal fülébe. "Segíteni akarsz Liának, E-Z-nek és Alfrédnak, ugye?"

"Igen", huhogta Rosalie.

Reiki megszólalt. "És mi lesz a többiekkel? Hajlandó vagy megvédeni őket? Még az arkangyaloktól is?"

"Igen" - válaszolta Rosalie.

"Nagyon jó" - mondta Reiki. "Most pedig adjunk neki egy kis memóriaerősítést. Ugye nem akarjuk, hogy elfelejtse, amibe belement?"

Hadz és Reiki elénekeltek egy dalt,

"Az emlékek gyönyörű dolgok.

Melyek úgy lebegnek, mint a füstkarikák.

Vissza és előre, előre és vissza

Hagyd, hogy Rosalie emlékeit az úton tartsák.

Varázslat, varázslat a levegőben és a tengerben

Megköti szerződésünket Rosalie-val."

POP

POP

Hadz és Reiki eltűntek, míg a drága jó öreg Rosalie tovább horkolt.

20. FEJEZET

COUSINS

Reggel, Angliában, miközben a vízforraló felforrt, John és Paul készülődött. A számítógép be volt kapcsolva, és a keresőmotor nyitva volt.

"Majd én csinálok teát" - mondta John.

"Elkezdek gépelni" - mondta Paul, miközben beütötte Ezekiel Dickens nevét a keresősávba. "Ó" - mondta. "Na ez aztán váratlanul ért."

John egy tálca teával érkezett, kockacukorral egy tálban, forró vajas pirítóssal, mellé egy üveg lekvárral.

"Találtál valamit" - kérdezte.

"Ezt nézd meg" - mondta Paul, elforgatta a képernyőt, és kockacukrot kevert a teájába.

Ez volt a Hármas szuperhősök honlapja. Nézték, ahogy E-Z bemutatkozik, majd Lia és Alfred következett.

"Ez legális?" Kérdezte John. "Úgy néznek ki, mint három szereplő a rajzfilmhálózatról."

Aztán elkezdődött a hullámvasút megmentésének újrajátszása. Paul megnyomta a PAUSE gombot.

Kinyitott egy másik ablakot. Beírta a Vidámparki mentés E-Z Dickens. Egy újság jelent meg egy cikkel a témáról. "Ez törvényes" - mondta.

"Szóval Charles rokona egy szuperhős?"

"Szerinted egyáltalán hasonlítunk egymásra?" Charles megkérdezte. Még mindig félálomban volt a túlméretes pizsamában, amit adtak neki, hogy aludjon benne. Elvett egy szelet pirítóst a tányérról, és beleharapott.

"Mindkettőtöknek olyan Dickens-orrátok van" - mondta John.

Charles közelebbről megnézte a szünetelő részt.

"Abból kiindulva, hogy mikor születtetek - mondta Paul, és rákeresett a Google-ra -, 1812-től napjainkig, E-Z a hetedik vagy nyolcadik eltávolított unokatestvéred lenne".

"Mit jelent az, hogy egy unokatestvér eltávolítva?"

"Azt jelenti, hogy hány generáció van köztetek" - mondta John.

"Tehát az én felmenőm egy szuperhős. Mi az a szuperhős? Olyan, mint a Sir Gwain és a Zöld Lovagban?"

"Á, emlékszem, hogy azt olvastam az iskolában, amikor még kisfiú voltam, igen, a lovagok és a szuperhősök hasonlítanak egymásra" - mondta Paul.

John lefelé görgetett, hogy megnézze, nem említik-e máshol E-Z Dickenst. Voltak YouTube-klipek, amelyekben baseballozott, mielőtt kerekesszékbe került, és utána is.

"Elég nagy sportoló" - mondta John. "És kerekesszékben sportol."

"A játék hasonlít a Roundersre" - mondta Charles.

"Ó, várj, itt van valami a szüleiről" - mondta Paul.

Elolvasták E-Z szüleinek gyászjelentését, az életüket kioltó balesetről.

"Szegény fiú" - mondta Charles. "Legalább most már az apja bátyja, Sam vigyáz rá."

"Miért nem hívjuk fel?" kérdezte Paul. Felcsapta a telefonját, és felhívta az információt.

Charles a válla fölött nézte, miközben Paul beleszólt, és egy női hang válaszolt. "Egy csésze teára van szükségem" - mondta.

John kiment a konyhába, hogy hozzon neki egyet.

Közben Paul elkérte egy észak-amerikai Ezekiel Dickens számát. Miután tárcsázta, és a telefon csörögni kezdett, Paul kihangosította.

"Halló - mondta Sam.

Charles majdnem elejtette a csésze teáját.

"Ööö, helló, a nevem Paul, és az angliai Londonból hívom. Ezekiel Dickensszel szeretnék beszélni, kérem."

"A nagybátyja vagyok, megkérdezhetem, miről van szó?" Sam végigsétált a folyosón E-Z szobája felé.

A Hármak éppen filmet néztek az új síkképernyős tévén. Sam felvette a távirányítót, és megnyomta a MUTE gombot. Aztán kihangosította a telefonját.

"Hogy őszinte legyek, nem igazán tudom - mondta Paul. "Nem én akarok beszélni vele, hanem, nos, ez..."

"Én." Egy új hang vette át a telefont. Egy fiatalabb ember hangja.

"És te ki vagy?" Kérdezte Sam.

"A nevem Charles Dickens."

Sam átadta a telefont az unokaöccsének. "Azt mondja, a neve Charles Dickens."

"Mondtam, hogy ma valami furcsa dolog fog történni" - mondta Alfred.

"Én is" - mondta Lia - "De nem tudtam, hogy Charles Dickensről lesz szó!"

E-Z tétovázott, mielőtt azt mondta: "Ő itt E-Z Dickens, ööö, Mr. ööö, Charles. Miben lehetek a segítségére?"

Charles felnevetett. Ideges nevetés volt. Nem tudta, mit mondjon. Még soha nem beszélt olyannal, aki a világ másik felén tartózkodott.

"Visszajöttem" - bökte ki. "Hogy megtaláljalak. John és Paul, a barátaim (a kezét a telefon fölé tartotta) - detektívek..."

E-Z még nem hallotta a detektívek kifejezést.

"Ők készülékeket használnak, hogy megtaláljanak dolgokat" - mondta Alfred.

Paul vette át a szót. "Egy dolog landolt a folyóban. Charles Dickens volt benne. Két fény, egy zöld és egy sárga jelezte, hogy Charlesnak kapcsolatba kell lépnie E-Z Dickensszel."

"Miféle dolog?" E-Z kérdezte. "Olyan volt, mint egy siló?"

"Itt John" - mondta egy új hang. "Nem, ez egy kocka volt. Egy tükrös kocka."

E-Z a kezét a telefonja fölé kapta: "Nem úgy hangzik, mint egy olyan siló."

"Az angyalok küldtek téged?" Lia kibukott. azt mondta: "Egyébként Lia vagyok, és a másik hang, amit hallottál, Alfred volt. E-Z-vel és Sammel együtt vagyunk itt."

"Örülök, hogy megismerhetlek titeket" - mondta Charles.

"Hány évesek vagytok?" E-Z kérdezte.

"Úgy tíz körül, azt hiszem. Igaz, hogy unokatestvérek vagyunk?"

"Igen" - mondta E-Z - "és Sam bácsi is az unokatestvéred".

"Téren és időn keresztül összeköt bennünket" - mondta Charles.

"E-Z is író" - mondta Sam.

E-Z összerezzent, és forrónak érezte az arcát.

Sam visszakönyökölte az unokaöccsét a valóságba.

"Ezt sok mindent kell feldolgoznia, Mr. Dickens, ööö, úgy értem Charles. Meg kell terveznünk, hogy idejöjjön, vagy ez, vagy én megyek magához. Maradhatnál egy kicsit Johnnal és Paullal, és amint kitaláltuk, mit tegyünk, jelentkezünk."

Paul azt mondta: "Igen, anya szerint Charles egyáltalán nem okoz gondot. Addig maradhat velünk, ameddig csak akar."

"Majd visszahívlak" - mondta E-Z.

A telefon megszakadt.

"Ó, egyébként - mondta Sam -, semmi használható nem volt Arden merevlemezén. Azon kívül, hogy megerősítette, hogy együtt voltak online, és egy többjátékos lövöldözős játékot játszottak."

"Jó tudni" - mondta E-Z, ennyit már magától is kitalált.

21. FEJEZET

ROSALIE ÉS A TERV

A szobájában E-Z, Lia és Alfréd Sam bácsival együtt megbeszélték a beszélgetésüket.

"Nem hiszem el, hogy az igazi Charles Dickens hívott minket telefonon" - mondta Sam.

"Igen, de azt nem értem, hogy miért van itt. És hogy miben jött ide" - mondta E-Z. "Úgy értem, tízéves - gondolkodik. És az utazási módja furcsán hangzik, egy tükrös négyzet alakú doboz. Mi a fene ez az egész?"

"Nem úgy hangzik, mint egy űrhajó" - mondta Alfréd - "Nem mintha tudnánk, hogy nézne ki egy ilyen".

"Várj egy percet!" Lia szólalt meg.

E-Z ránézett. "Te is arra gondolsz, amire én?"

A lány bólintott.

"MIRE?" Alfréd érdeklődött.

"Emlékszel, amikor az arkangyalok megidéztek minket, hogy közöljék velünk, egyikünknek meg kell halnia?" Lia megkérdezte.

Alfréd és E-Z bólintott.

"Gondoljatok a konténerre. Mintha újra benne lennétek, és emlékezzetek a dolgokra, amiket találtunk. A papírok, amiket találtunk?"

"Értem, mire akarsz kilyukadni. A túlvilági információkra gondolsz. Az életünkről az alternatív dimenziókban?" E-Z megkérdezte.

"Pontosan" - mondta Lia.

Alfréd fel-alá ugrált az ágyon.

"Micsoda?" Sam megkérdezte.

E-Z elmagyarázta, amennyire csak tudta.

"Szóval, hadd lássam, jól értem-e" - mondta Sam. "Mindannyiunknak van élete, valahol máshol, mint itt. Mármint a Földön. Vannak más változataink, akik a miénken kívül más életeket élnek. Külön időben, más térben, más dimenziókban"

"Így van" - mondta E-Z.

"Akkor megváltoztathatjuk az életünket?" Kérdezte Sam. "Úgy értem, megváltoztatni a végeredményt? Megakadályozhatjuk, hogy szörnyű dolgok történjenek?"

"Nem hiszem" - mondta Lia. "De nem tudom, mennyire akarják, hogy tudjunk a többi dimenzióról. De abból, amit Eriel elmondott nekünk, mi vagyunk a központ. Minden más, ami történik, körülöttünk forog, és az életünk, amit most élünk."

"Szóval - mondta Alfréd -, hogy Charles Dickens itt van, annak valami köze kell, hogy legyen Erielhez és a többiekhez".

"Igen, én is erre gondolok" - mondta E-Z. "De miért pont most? A próbák befejeződtek. Az ő döntésük volt. Mégis, úgy tűnik, nem tudnak békén hagyni."

"Visszahozom Charles Dickens-t. Méghozzá egy tízéves változatát! Ennek számomra semmi értelme" - mondta Lia.

"Talán ha majd találkozunk vele - mondta Sam -, akkor mindennek lesz értelme."

"Nem, ha Eriel is benne van" - mondta E-Z. "Vele semmi sem egyértelmű."

"Úgy tűnik, hogy egy londoni utazás az egyetlen módja annak, hogy kiderítsük" - mondta Sam.

"Olyan érzés, mintha nem is olyan régen jártam volna ott."

"Igen, könnyű neked elmenni. Csak a megfelelő irányba kell irányítanod a székedet, és máris indulhatsz" - mondta Alfred. "Míg nálam rengeteg energiával jár az a sok csapkodás, és a szél is közrejátszik."

"Felpattanhatnál egy repülőre, ha Sam bácsi is veled tartana" - javasolta E-Z. "Csak annyit kellene tenned, hogy beülnél a többi utas mellé, és élveznéd az utazást."

Alfréd lehorgasztotta a fejét.

"Nem azért mondom, hogy rosszul érezd magad. Csak emlékeztetlek, hogy mindannyian egy csónakban evezünk."

"Ezt értem. És köszönöm."

"Oké, most térjünk vissza a tárgyra" - tette hozzá E-Z. Kikapcsolta a tévét.

Lia előre bámult, mintha transzba esett volna. "Rosalie!" - kiáltott fel.

"Ki?" Alfréd kérdezte.

Lia továbbra is a semmibe bámult.

"Lia jól van?" Sam megkérdezte. "Alig lélegzik."

Lia felállt. "Valamit el kell mondanom neked. Találkoztam valakivel, de nem személyesen, hanem a fejemben. A fejemben van, és már jó ideje beszélgetek vele. Megkért, hogy ne mondjak semmit - még. Azt hiszem, ez összefügghet ezzel az egész Charles Dickens reinkarnációs dologgal."

"Hallgatjuk - mondta E-Z közelebb hajolva.

"A neve Rosalie. Egy bostoni idősek otthonában él - és elég idős. Demenciában szenved."

"Az nem az, ami emlékezetkiesést okoz?" Kérdezte Alfréd.

De abban a pillanatban, ahogy Rosalie meghallotta, hogy Lia a nevét említi, gondolatban és testben is E-Z szobájába került. Ott lebegett felettük, és figyelmesen hallgatta minden egyes szavukat. Megköszörülte a torkát, hogy lássa, látják vagy hallják-e őt - nem látták. Azt kívánta, bárcsak magával hozta volna a jegyzetfüzetét és a tollát.

BINGÓ.

Mindkettő a kezébe került. Elmosolyodott, és nekilátott a jegyzetelésnek.

"Úgy érted, ti ketten összeköttetésben vagytok - az ESP-n keresztül?" Alfred megkérdezte. "Azt hittem, csak nekem van ESP-m."

"Ez nem egészen ESP, nem hiszem. Nem úgy, ahogy neked van."

"Hogyhogy?" Alfréd érdeklődött.

"Rosalie emlékei eltűntek. Legalábbis a legtöbbjük. Még a családját sem ismeri fel, amikor meglátogatják. Nem látogatják gyakran. Nem bánja, mivel nem szereti őket. De valahogy mégis kapcsolatba kerültünk. És mindent tudott rólunk és a képességeinkről. Vigyázott ránk, úgymond."

"Miért most mondod ezt el nekünk?" E-Z kérdezte.

"Mert azt mondta, hogy rendben van. És említette a Fehér Szobát is. Nem egyszer, hanem kétszer is járt ott. Az első alkalommal épségben visszatért az ágyába - de most nem. Azt mondja, most is ott van, és nem engedik haza."

"Mint mindketten tudják, én már jártam Fehér Szobában" - mondta. "Ott tettek először ígéretet az arkangyalok, és azt mondták, hogy újra a szüleimmel lehetek. Lényegében ott, ahol a próbák segítségével a fedélzetre hoztak."

Sam hozzászólt: "Eriel egyszer elrabolt a Fehér Szobába. Elég kellemes volt, eleinte legalábbis - egészen addig, amíg nem engedett el".

"Igen - mondta E-Z -, Eriel tapintatlan. És ez egy elég menő hely. Bármit megkapsz, amit csak kérsz, ha gondolkodsz rajta - mint a varázslat. És vannak könyvek - könyvek szárnyakkal. De nem akarok itt túl sok részletbe belemenni - koncentráljunk inkább Rosalie-ra. Mi történik most?"

Rosalie felnevetett, és arra gondolt, mi lenne, ha azt mondaná Liának, hogy egyszerre két helyen van? Nem, attól még a frászt kaphatnák. Fejben csevegett Liával, és közben mondott néhány fehér hazugságot.

"Azt mondja, úgy tesz, mintha aludna. Emlékszik, hogy két pont, egy zöld és egy sárga lebeg a szeme előtt".

"Hadz és Reiki" - mondta E-Z. "Mondd meg neki, hogy ne féljen tőlük. Ők a jó fiúk."

Áh, sóhajtott fel Rosalie. Aztán rájött, hogy talán ez az a lehetőség, amire várt. Hogy meséljen a Hármaknak a többiekről. Alaposan elgondolkodott, aztán úgy döntött, itt az ideje megosztani, amit tud.

"Ó, várj, azt akarja, hogy mondjak neked valamit." Lia előre bámult, miközben Rosalie hangja az ajkai között csordogált: "Vannak mások is, mint te, láttam őket. Azt hiszem, ezért vagyok itt."

"Mások, mint mi?" Lia, Alfréd és E-Z felkiáltott.

"Nem vagyok biztos benne, hogy mennyit mondjak nekik a többi gyerekről, akik itt vannak ebben a szobában. Van valami tanácsotok számomra? Mit mondjak nekik? Nem fognak bántani? Ha mesélek nekik a többi gyerekről - bántani fogják őket?" Rosalie azt mondta Lián keresztül.

"Átadom neked, E-Z" - mondta Lia a maga nevében.

"Előbb hallgasd meg, mit akarnak mondani - mondta E-Z. "Elmondják majd, amit már tudnak, és aztán eldöntheted, hogy mennyit kell még tudniuk, ha kell még valamit."

"Jó tanács" - mondta Alfréd. "Mindig legyél jó hallgatóság. Különösen akkor, ha akaratod ellenére tartanak fogva egy idegen helyen."

Lia felajánlotta: "Majd tájékoztatom az itteni srácokat, ha azt akarod, hogy vonalban maradjunk - úgymond."

Rosalie Lia száját használva szólalt meg: "Minden képességemet meg kell őriznem... úgyhogy egyelőre azt mondom, vége és kifelé. Köszönöm neked és a bandának a segítséget. Majd jelentkezem, ha szükségem lesz rád, amíg itt vagyok. Egyébként majd tájékoztatlak, ha újra itthon leszek, ami hamarosan bekövetkezik, mert a vacsora hiányzik. Ma este pulyka, krumplipüré és borsó lesz." Tétovázott. "Ó, és mellesleg Lia, milyen csinos felsőt viselsz."

BINGÓ.

"Köszönöm" - mondta Lia, és lenézett a pólójára, azon tűnődve, honnan tudja Rosalie, hogy mi van rajta.

"Micsoda?" E-Z kérdezte.

"Ó, semmit" - mondta Lia.

Újra a Fehér Szobában. Rosalie úgy gondolta, hogy a jegyzetfüzetének jobb helye lenne az éjjeliszekrény fiókjában.

BINGO

És már el is tűntek.

BINGO

Megérkezett a vacsora. Minden finom volt, de most csak egy epres sűrű turmixra tudott gondolni.

BINGO.

Megérkezett egy, és mellé egy szelet citromos habcsókos pite.

Ekkor érkezett meg Eriel és Raffael.

"Ó, ó - mondta a létra, miközben úgy lebegtek felé, mintha halloweeni ruhába öltöztek volna.

"Csak nem álmodom? Vagy meghaltam?" Kérdezte Rosalie.

"Egyik sem" - válaszolták az arkangyalok.

22. FEJEZET
TALÁLKOZÓ ÉS ÜDVÖZLÉS

"MENJETEK CSAK, ÉS FEJEZZÉTEK be az étkezést - mondta Raffaello.

"Igen, nincs jobb dolgunk - mondta Eriel.

Miközben nézték, ahogy eszik, Rosalie nehezen rágott. Nehezen ízlelgetett. És hidegebbnek tűnt. A könyvespolcokra, a létrára pillantott. Volt egy olyan érzése, hogy ez a két idegen rosszban sántikál, amikor letette a kést és a villát.

"Először is - kezdte Eriel -, ez a beszélgetés kettőnk között kell maradjon, és csakis kettőnk között".

Gondolatban Lia-hoz beszélt. "Ott vagy, gyermekem? Figyelsz rám?"

"...Kihalás."

"Sajnálom - mondta Rosalie -, de nem tudnád újra kezdeni, mármint az elejéről? Öreg vagyok, és elvesztettem a fonalat, amit mondtál."

Eriel felszisszent. Mint egy kisfiú, akit megszidtak, kinyitotta a szárnyait, és elrepült. Amikor a könyvtár tetejéhez közeledett, keresztbe fonta a karját, és várt. Várta, hogy Raffaellónak adjon egy esélyt.

Raphael közelebb hajolt Rosalie-hoz.

"Nagyon szép a szemüveged - mondta Rosalie. "De egy kicsit tengeribetegnek érzem magam tőle, a sok pulzáló és lebegő vértől."

Eriel felnevetett.

Raphael levette a szemüvegét, és a fekete köpenye zsebébe tette.

"Kedvesem, Rosalie - nyögte ki Raphael -, kérlek, ne vedd figyelembe tanult barátom gorombaságát, de itt egy helyzet áll fenn. Olyan helyzetben, amelyben nemcsak a te segítségedre van szükségünk, hanem E-Z, Lia, Alfréd és a többiek segítségére is. Tudod, hogy kikre gondolok, amikor a többieket említem, ugye?"

Rosalie bólintott, nem szólt semmit.

"Mi egy arkangyalokból álló csapat vagyunk, és az erőnk korlátozott. Az a dolog, ami az egész világon történik, a lelkekkel történik."

"Úgy érted, amikor az emberek meghalnak?" Rosalie megkérdezte.

"Pontosan."

"De ez nem inkább a ti területetek, mint a miénk? Beszéltél Istennel - ő ismer téged, igaz? És ha egy szörnyű helyzetet próbálsz megjavítani, miért ne kérdeznéd meg őt közvetlenül?"

Mivel Raphael és Eriel nem szólalt meg, Rosalie folytatta.

"Amennyire én tudom, ha egy ember meghal, a testét eltemetik. Vagy elhamvasztják. A lelkük - ha létezik - egy másik helyen él tovább."

Eriel másodpercek alatt az arcába vágódott, vicsorogva. "Ez téves.

Raphael félrelökte őt. "Ez sokkal bonyolultabb, mint gondolnád. Túl bonyolult ahhoz, hogy a legtöbb ember felfogja."

"Az emberek elég okosak" - mondta Rosalie. "Voltunk a Holdon, feltaláltuk a repülőgépet, az internetet, a tüzet. Én nem vagyok zseni, és mégis azért hoztál ide, hogy meggyőzz engem."

Eriel ismét felnevetett.

Ezúttal Raphael sem tudta megállni, és ő is felnevetett.

És nevetett. És nevetett.

Egyikük sem tudta megállítani magát.

Rosalie nem törődött velük. Nem törődött azzal, ami körülötte történt. A létra ide-oda dobálta magát ide-oda. A könyvek kiugrottak, majd visszatértek. Akkora lármát csapott. Olyan zajos. Újra a szobája csendjére vágyott.

Anne of Green Gables, gondolta.

BINGÓ.

A könyv a kezében volt. Kinyitotta, talált egy könyvjelzőt, és olvasott. Ha szükségük volt a segítségére, meg kellett érte dolgozniuk. Most, hogy megsértették őt és az egész emberi fajt, nem akarta megkönnyíteni a dolgukat.

"Jó neked - suttogta Lia Rosalie fejében. "Te vagy a főnök. Én pedig itt vagyok E-Z-vel és Alfréddal, és fedezünk téged."

Raphael és Eriel még mindig nevettek. Kicsúszott a kezükből az irányítás. Egymásnak pattantak a levegőben, mint egymáshoz rögzített lufik.

Aztán eszébe jutott, hogy a citromos habcsókos pitéjét még nem ette meg. Félretette a könyvet, beledöfte a villáját, és beleharapott. Tökéletes volt. Nem túl édes vagy túl savanyú, pont olyan, ahogy az anyja szokta készíteni. Még egy villányi falatot evett belőle.

Felette Eriel és Raphael hisztériázott.

"Hagyd abba!" Rosalie kiabált. "Ti ketten vagytok a leggorombábbak, a legvisszataszítóbbak, akikkel valaha találkoztam. És én már találkoztam elég ellenszenves emberekkel." Letette a villáját. "Nem tanítottak nektek illemet? Egyáltalán semmilyen illemre?" Felvette a villáját, és az ő irányukba mutatott.

Eriel lerepült. Másodpercek alatt tátott szájjal Rosalie-n volt. Beledöfte a citromtúróba, majd belevillázta az arkangyal szájába.

"Fúúúúú!" - sikoltotta. Kiköpte, mintha arzént adott volna neki.

"Anyám mindig arra tanított, hogy osztozkodni kell" - mondta vigyorogva.

Eriel sápadtsága feketéből zöldre változott. Hányás után eltűnt a falon keresztül.

"Gondolom, nem rajong a pitéért?" Rosalie azt mondta.

Lia nevetett Rosalie fejében.

Raphael kivette a szemüvegét a köntöse zsebéből, megtisztította, és visszatette az arcára. Leült Rosalie mellé. Olyan közel volt hozzá, hogy szinte az ölében ült.

Szegény Rosalie.

"TUDJUK, HOGY VANNAK MÁSOK IS, ÉS TUDNUNK KELL, KIK ŐK ÉS HOL VANNAK - MOST!"

Ahogy beszélt, Raphael arca eltorzult, felismerhetetlenné vált.

Rosalie haja égnek állt. A teste megremegett.

"A goromba emberek sosem kapják meg, amit kérnek, és te, kedvesem, nagyon goromba vagy. És a barátod is az" - suttogta Rosalie.

Rosalie visszatért korábbi önmagához.

Csakhogy ezúttal az arkangyal taktikája megváltozott. És a hangja szirupos volt, amikor azt mondta,

"Átmegyek azon a falon, és csatlakozom Erielhez. Öt perc múlva visszatérünk, és újrakezdjük. Szükségünk van a segítségedre - igazad van -, és nem úgy kérjük, ahogyan kellene." Aztán a falban lévő nőnek: "Állítsd be az időzítőt öt percre". Aztán vissza Rosalie-hoz: "Amikor az időzítő megszólal, visszatérünk, és újra kezdjük." Ahogy ígérte, Raphael elindult a fal felé, és eltűnt rajta keresztül.

A falban lévő óra hangosan ketyegett. Úgy tűnt, nincs a helyén. Még a könyvtárhoz is túl hangosnak tűnt.

"Ez nagyon idegesítő!" - mondta a létra, és közelebb lépett.

"Sajnálom, a nagy zajt - mondta Rosalie. "Az, hogy itt vagyok, csak káoszt okozott nektek."

"Szeretünk téged" - mondta a létra. "Miért nem mozogsz egy kicsit? Attól majd jobban érzed magad."

Rosalie felállt, arra számítva, hogy fáradtnak érzi magát egy ilyen nagy étkezés után. Ehelyett energiával töltődött fel. Különösen a lábai. Úgy érezte, mintha újra tízéves lenne. Elvégezte az ugrókötelet. Micsoda móka!

"És most - mondta Rosalie - következik a következő trükkje. A Nagymama nem egy, nem is kettő, hanem három egymást követő cigánykerékkel próbálkozik" - amit meg is tett. "Köszönöm, köszönöm!" - mondta, meghajolt és integetett, mintha aranyérmet nyert volna az olimpián.

BRRRRIIIING.

Az időzítő lejárt. Eriel és Raffael megérkezett.

Az arkangyalok másképp voltak öltözve. Mintha két különböző partira mentek volna.

Eriel sötét tűcsíkos öltönyt viselt, fehér inggel és nyakkendővel.

Raffaello egy piros, múmia-szerű ruhát viselt, amely a nyakától a lábujjáig teljesen eltakarta a testét.

"Úgy érzem, alulöltözött vagyok - mondta Rosalie.

BINGÓ.

Most a legelőkelőbb ruháját viselte. Ez volt az, amit jelezte, hogy a halála után is viselni akar.

Belesüppedt a székbe, a szemei felfelé meredtek. Az arkangyalok pedig feléje lebegtek. Szárnyaik úgy mozogtak, mint a pillangószárnyak, ahogyan kecsesen és szépen közeledtek hozzá. A szemei könnybe lábadtak.

"Miben segíthetek nektek, kedveseim?" Kérdezte Rosalie.

Olyan volt, mintha most hatalmuk lenne felette, olyan hatalom, amelyet nem akart legyőzni. A földre zuhant, most a két arkangyal előtt térdelt. Raffael megérintette a jobb vállát, Eriel pedig a bal vállát.

"Mondd el, amit tudnunk kell - huhogták.

"A többiek szétszóródtak - mondta, majd a földre zuhant, mint egy húr nélküli bábu.

"Túl öreg ehhez" - mondta Eriel. "Ha meghal, nem lesz hasznunkra."

"Folytasd csak, működik."

POP.

POP.

Hadz és Reiki jelent meg, mindketten Rosalie fülébe suttogtak. Felsegítették a lányt a lábára.

"Takarodjatok innen, ti két betolakodó!" Eriel robbanékony hangon kiabált,

Rosalie felébredt a transzból, amibe belehelyezték.

"Tűnjetek el!" Kiáltott fel Raphael, de nem volt POP, helyette egyetlen hangot hallottak.

SPLAT.

Rosalie csípőre tette a kezét: - Remélem, nem bántottad azt a két drágát. Sőt, ha azt akarod, hogy fontolóra vegyem a segítségedet, akkor vissza kellene hoznod őket ide MOST, hogy láthassam, jól vannak. Nem vagyok hajlandó többet mondani neked, amíg vissza nem hozod őket." Átment a szobán, háttal a fehér falnak ült, behunyta a szemét, és várt. Egész nap, egész héten, egész évben várta. Nem sietett sehová, vagy bármit is tenni.

POP.

POP.

"Köszönöm - mondta Hadz és Reiki, miközben Rosalie vállára ültek.

"Ezt elrontjuk - mondta Raffael. Aztán Hadzhoz és Reikihoz: "Tudjátok, milyen helyzetben van a Föld, tudnátok segíteni nekünk, hogy elérjük ennek az embernek a segítségét?".

Reiki azt mondta: "Tudjuk, hogy helyzet van! Ha nem mondtad volna vissza az E-Z-vel, Liával és Alfréddal kötött alkut, már a fedélzeten lennének. Rosalie egyikőtökben sem bízik."

Hadz azt mondta: "És te sem voltál vele őszinte."

Hadz azt mondta: "Az embereknél a bizalom és az őszinteség a minden."

Eriel feléjük tódult.

Raphael visszatartotta, mielőtt azt mondta: "Hiba történt, a mi részünkről, és ennek a hibának oka és hatása van. Megpróbáljuk megmenteni a Földet a járulékos károktól. Az egyetlen mód, ahogyan ezt megtehetjük, ha azokat hívjuk segítségül, akiknek erőket adtak, természetfeletti, szuperhősös erőket. Nélkülük az emberiség elbukik - és ez a mi hibánk lesz".

Rosalie felállt. A két kis lényre pillantott, akik a két vállán ültek. "Megbízhatok ebben a kettőben?"

"Raffael megbízható" - mondta Hadz.

"De mi nem vagyunk benne biztosak" - mondta Reiki.

POP.

POP.

Mindketten eltűntek, attól tartva, hogy Eriel visszaküldi őket a bányákba.

Eriel emelkedett, egyre magasabbra és magasabbra, majd eltűnt a mennyezeten keresztül.

Rosalie témát váltott. "Amíg gondolkodom rajta, el tudod magyarázni, mi ez a hely? Én Fehér Szobának hívom, de vajon ez a helyes név - és miért van az, hogy valahányszor kívánok valamit, az megjelenik? Talán a Mágikus Szobának hívják?" Ebben a pillanatban Rosalie E-Z-re, a kerekesszékes angyalra/fiúra gondolt.

ACK.

E-Z megérkezett.

"Hűha!" - mondta, amikor rájött, hogy csatlakozott Rosalie-hoz a Fehér Szobában. A napszemüvegére gondolt, és

PRESTO

Az arcán volt. Körbesétált a szobában, hogy újra megérezhesse a lábát és a padlót. Aztán kinyújtotta a kezét, és azt mondta: "Te biztos Rosalie vagy".

Te pedig biztosan E-Z vagy - mondta a lány -, a kerekesszéked nélkül. Ez a hely tényleg varázslatos!"

"És, helló, Raffael."

"Isten hozott, E-Z" - mondta Raffael. Aztán Rosalie-nak: "Ennyit a diszkrécióról - ezt bizalmasnak szántam."

"Bármit is ígér neked, meg fogja szegni. Használhatatlan a szavának megtartásában - Eriel pedig még rosszabb, akárcsak Ophaniel -, és még nem is találkoztál vele. Mégis, tudtodra adom, hogy mindannyian egy rakás hazugok."

"Erre már rájöttem" - ismerte el Rosalie. "És elment, Eriel pedig úgy viselkedik, mint egy elkényeztetett gyerek."

"Ezt én is szívesen láttam volna" - mondta E-Z. "Nagyon nem Eriel-szerűen hangzik, de ember, fantasztikus dolog lett volna látni."

"Elég volt ezekből a szívélyeskedésekből" - mondta Raphael. "Azt hiszem, nincs más választásom, mint hogy nektek is elmagyarázzam a helyzetet". A lány toporzékolt, és a szárnyai duzzogva az oldalára hulltak. E-Z és Rosalie felé fordult. "A világot meg kell menteni, egy tévedésünk miatt. Akarsz te és a többiek segíteni nekünk a helyzet orvoslásában - mármint a Föld megmentésében, vagy nem?"

Rosalie és E-Z pillantást cseréltek.

"Menjetek csak - mondta a lány. "Bárhogy is döntötök, én benne vagyok."

E-Z nem válaszolt azonnal.

"Ha mindent elmondasz, én továbbítom a többieknek, és szavazunk. Mi egy demokratikus csoport vagyunk."

"Mennyi ideig tart ez?" Raphael gúnyolódott. "És hogyan fogsz visszajelezni nekem? Talán tartsam itt fogolyként Rosalie-t, amíg rájössz? Elég lesz huszonnégy óra?"

Rosalie azt mondta: "Nem bánom, ha ebben a szobában maradok. Rengeteg könyv van, amit olvashatok, és rendelhetek bármit, amit csak akarok. Sokkal érdekesebb és izgalmasabb, mint az otthonban lenni."

E-Z bólintott. Rosalie-nak azt mondta: "Köszönöm, és igazad van, ez a szoba nagyon különleges. Itt biztonságban leszel." Aztán Raffaellóhoz: "Rosalie nem lesz a foglyod, sőt, a vendéged lesz". Egy könyv repült le a polcról, és a kezében landolt. Harry Potter és a Titkok kamrája volt az.

"Szeretném elolvasni - mondta Rosalie. A könyv elhagyta E-Z kezét, és Rosalie felé repült. A lány elkapta, kinyitotta, és azonnal olvasni kezdte.

"Rosalie lesz a vendégünk - mondta Raffael. "Akkor huszonnégy órán belül?"

"Huszonnégy óra" - egyezett bele E-Z.

"Várj!" - kiáltotta egy hang. Egy test nélküli hang. Egy hang, amely visszhangzott és visszhangzott. Egészen addig, amíg egy könyv le nem mozdult a fölötte lévő polcról. A padló felé zuhant, amíg a szárnyai előre nem törtek, és megmentették a gerinctöréstől.

Raphael megrémülten nézett a hangra. Megpróbált hátrálni, de valami visszatartotta.

Rosalie és E-Z vártak és hallgatóztak.

"Raphael nem mondott el mindent - mondta a mennydörgő hang.

Mintha a levegő rezgett volna minden egyes szótaggal, de jó, kedves és szelíd módon, nem pedig ijesztően világvége-szerű módon.

"Mondd el nekünk - mondta E-Z.

"Kicsit halkabban - javasolta Rosalie. "Öreg vagyok, de nem süket, tudjátok!"

"Bocsánat" - mondta a hang. Megköszörülte a torkát. Aztán suttogott: "E-Z Dickens, emlékszel a választási lehetőségekre, amiket adtunk neked? A két választási lehetőséget?"

E-Z elég jól emlékezett rájuk. Az egyik az volt, hogy örökre a silóban marad. A családja emlékei hurokban. A másik, hogy visszatér az életébe Sam bácsival.

"Igen."

"Mondd el, mire emlékszel a választásokról?" - kérdezte a hang.

"Azt mondták, hogy maradhatok a konténerben, és újra átélhetem a családom emlékeit hurokban, vagy visszatérhetek az életemhez Sam bácsival."

"És a lélekfogó? Mi van vele?"

"Semmi" - ismerte el E-Z egy vállrándítással.

A hang felhördült - mintha a mostani megszólalás fájdalmat okozna neki. A polcok megremegtek, és a dolgok véletlenszerűen PATTANTAK ki és be a levegőben. Először egy óriási uborka volt. A zöld tárgy az óramutató járásával megegyező irányban pörgött, majd az óramutató járásával ellentétesen, aztán eltűnt.

Ezután egy tükörgömb jelent meg felettük. Pörgés közben változott a színe. Amikor túl gyorsan forgott, attól féltek, hogy rájuk zuhan. Fedezékbe vonultak, de mielőtt odaértek volna, a gömb eltűnt.

Ezután egy bohóc feje jelent meg. Elébük lebegett, és azt mondta: "Mi fekete-fehér és fekete-fehér és fekete-fehér és fekete-fehér és fekete-fehér és fekete-fehér".

"Elég!" - dörgött a hang.

"Sajnálom" - mondta Raffael.

"Pedig kellene!" - rebegte az első hang. Aztán halkabban, szelídebben, halkabban mondta: "E-Z-nek és a csapatának tudnia kell a Lélekfogókról - mindent. Különben nem fogják megérteni a rés összetettségét."

A hang néhány másodpercig szünetet tartott, majd folytatta: "A Lélekfogó akkor fog el lelkeket, amikor egy emberi test meghal. Ez egy soha véget nem érő pihenőhely. Minden embernek és minden teremtménynek vannak edényei, ahová mehet. Az a dolog, amit ti silónak hívtatok, egy lélekfogó. Egy pihenőhely az örökkévalóságig."

"Oké" - mondta E-Z. "Szóval, mi köze ennek a világvégéhez?"

"Látni akarom a lélekfogómat" - mondta Rosalie.

"Ha te és a barátaid nem csináltok valamit, senkinek sem lesz Lélekfogója. Ha a tested meghal, akkor meg fogsz halni. Ennyi az egész. Vége. A te lelkednek és mindenki más lelkének nem lesz hova mennie, és ha egy léleknek nincs hova mennie, akkor nincs célja. Nincs oka a létezésének. És lélek nélkül az emberek csak húsruhák."

"Várjunk csak - mondta E-Z. "Azt mondod, hogy az a személy, aki a Lélekfogókért felelős. Akárhogy is hívják - vezérigazgató, elnök, a lényeget értik. Azt mondod, hogy kompromittálódtak?"

Raphael válaszra nyitotta a száját, de E-Z még nem fejezte be a beszédet.

"Egyébként hogy működik ez az egész Lélekfogók dolog? Engem már többször idéztek az enyémbe, és még csak nem is vagyok HALOTT. Azt akarod mondani, hogy ezek a akármik is ezek, most kénye-kedvükre kényszeríthetnek a Lélekfogómba?" Tétovázott: "És mit tudsz te Charles Dickensről? Ő egy tükrös tartályban érkezett, tehát nem Lélekfogó. Hogyan került a lelke egyik helyről a másikra? Az ő feltámadása a ti arkangyalaitoknak köszönhető?"

Raphael megvárta, hátha van még kérdése.

Volt is.

"És mi a helyzet a két legjobb barátommal, PJ-vel és Ardennel. Ők hogy illeszkednek be a képbe?

Mindketten kómában vannak. Vissza akarom őket hozni. Segíthetek neked, segíthetek nekik?"

A hang a falban dübörgött válaszul.

"Senki sem irányítja a Lélekfogókat. Ez nem olyan, mint egy profitra létrehozott cég. Amikor valaki meghal, a lelkét elkapják, és a kijelölt Lélekfogóban él."

"Nem értem" - mondta E-Z. Aztán: "Várjunk csak, valaki vagy valami eltérítette a Lélekfogókat? És ha a válasz igen, akkor mindenképpen több információra lesz szükségem arról, hogy kik azok, mielőtt belekeveredünk. Ha ti, arkangyalok nem tudjátok legyőzni őket, akkor hogyan várjátok el tőlünk, hogy legyőzzük őket?"

A hang a falban azt mondta Raffaellónak: "Nos, Eriel tévedett, amikor azt mondta, hogy ez a fiú olyan vastag, mint egy tégla. Megkapta, méghozzá egy csapásra. Szép munka, E-Z."

"Uh, köszönöm, azt hiszem" - mondta a fiú. "De pontosan mit értettem el jól?"

A hang folytatta. "Három istennő valóban elrabolta a lélekfogókat."

E-Z szólásra nyitotta a száját, de mielőtt megszólalhatott volna, a hang újra megszólalt.

"Charles Dickens nem egy lélekfogóban érkezett, ahogyan te gyanítottad. A vérrokonoknak idő és tér feletti hatalmuk van. Te idézted meg őt. Azért jött, hogy segítsen neked."

"Nem én idéztem meg!" E-Z azt mondta.

"És mégis visszatért, és tudta a nevedet, és segíteni akart neked, igaz?"

E-Z bólintott.

"És az utolsó kérdésedre: igen, a barátaid élete veszélyben van a három istennő miatt."

"Istennők?" E-Z megismételte. "Mint a görög mitológiában? Valódiak? Azt hittem, azok a történetek mind kitalációk."

"Történelmi tényeken alapulnak" - mondta Raphael.

"Nem szállhatunk szembe egy mitológiai istennőkből álló csapattal!" E-Z felkiáltott. "Gyerekek vagyunk."

"Sokkal nagyobb a kockázat, ha nem teszitek, mivel nincs senki más, akitől segítséget kérhetnénk. Nincs Batman, nincs Pókember, nincsenek igazi szuperhősök. Az egyetlen hősök ti vagytok, gyerekek, ugye? Segítetek? Tudjuk, hogyan, hogy megoldjuk ezt a problémát, szükségünk van testekre, emberekre a helyszínen. Emberek, akiknek erejük van, győzhetnek. Legyőzhetitek ezt a dolgot. Ezeket a dolgokat. Először is, látjátok őket. Mi nem - mondta Raffaello.

"Tudom, hogy segítségre van szükségetek, de nem látom, hogyan menthetnénk meg a napot - nem hatalmas istennők ellen. Igen, van erőnk, de pontosan mivel állunk szemben? Mit várnak el tőlünk? Milyen veszélyek leselkednek ránk? Úgy értem, ti már halottak vagytok - mi még nem. Ha segítünk - mi a kockázat?"

Tétovázott, majd amikor senki sem szólt semmit, folytatta.

"Ha beleegyezünk, meg tudják védeni Sam bácsikámat, a feleségét, Samanthát és a csecsemőket? Biztosítani tudod, hogy PJ és Arden nem fog holtan landolni a Lélekfogókban? És mi a hasznunk belőle? Elvégre az életünket kockáztatnánk. Te nem vagy ember, úgyhogy nincs vesztenivalód."

Rosalie közbeszólt: "E-Z nem látom, hogy lenne más választásod. Igazad van, lesznek kockázatok, és én még nem haltam meg - de öreg vagyok -, így a kockázat számomra nem olyan nagy. Különben is, tetszik az ötlet, hogy amikor az életem véget ér, egy lélekfogó vár majd rám."

E-Z bólintott. "Ezt értem. A gondolat, hogy a szüleim ott lebegnek. Egyedül. Hontalanul. Lélekvesztők nélkül. Hát, ettől rosszul vagyok. Annyira feldühít, hogy legszívesebben kiköpnék. De attól még beszélnem kell a többiekkel - ismételte E-Z, keresztbe vetve a lábát. Olyan jó érzés volt, hogy képes volt olyan egyszerű dolgokat is megtenni, mint például keresztbe tenni a lábát.

Kezdesz jó kis szónokká válni, Lia azt mondta neki a fejében.

"Ööö, köszönöm - válaszolta.

"Ahogy akkor is - mondta a hang. "Huszonnégy óra. Addig Rosalie itt marad velünk."

"A vendégetekként" - hangsúlyozta E-Z.

"Megleszek" - mondta Rosalie. "És majd tartom a kapcsolatot Lia beszélgetésével. Lia és én szeretünk csevegni."

A férfi bólintott. Liával, Lián keresztül. E-Z nem volt biztos benne, hogy mit tudnak, és mit nem - de nem akart olyasmit adni nekik, amit már nem tudtak.

"Hamarosan találkozunk - mondta, és búcsút intett.

Aztán újra visszaült a tolószékébe. Szemtől szemben állt a barátaival. De hogyan mondhatta volna el nekik? Hogyan tudta volna megmagyarázni nekik?

Végül úgy döntött, hogy a legjobb megoldás az, ha mindent kirohan. És pontosan ezt tette.

23. FEJEZET

VÁLTOZÁSOK

Bár E-Z híre nem az volt, amire számítottak, Alfréd és Lia is bőven tudott válaszolni.

"Van bőr a képükön!" Kiáltott fel Alfréd. "Azok után, amit velünk tettek. Úgy értem, hogy ígéretet tettek, aztán visszavonták és megváltoztatták a játéktervet. Én a magam részéről egyikükben sem bízom, amennyire csak tudom."

"Ez óriási dolog, és a szeretteinkről van szó, akik már meghaltak" - mondta E-Z.

"Hogyhogy?" Kérdezte Sam.

"Nem ismerem a részleteket. Csak annyit tudok, hogy három gonosz istennőről van szó, akiknek az a tervük, hogy elrabolják és irányítsák az összes Lélekfogót".

"Ez őrültség!" Mondta Lia. "Miért akarnák őket? Miért vesződnének ennyit? Mi hasznuk van belőle?"

"Várjunk csak" - mondta E-Z. "Elmondok mindent, amit elmondtak nekem. Ne feledd, ők sem tudják biztosan.

"Akárhogy is, a következőt mondom. Ők mitológiai istennők, akiket visszahoztak. A céljuk az, hogy irányítsák a Lélekfogókat - minden lehetséges eszközzel.

"És a mód, amit választottak, hogy megölik az embereket. Embereket, akiknek nem kellett volna meghalniuk! Aztán beteszik őket az általuk eltérített Lélekfogókba. Olyan emberektől, akiknek szükségük van rájuk. Így a lelküknek nincs hová mennie."

"Még mindig nem értem - mondta Lia.

"Gondolj bele a következőképpen. Lia, te, Alfréd és én már voltunk a Lélekfogókban. Kevesen mehetnek be oda, mielőtt meghalnak. Úgy értem, ki akarna ott lenni?"

"Egyetértek" - mondta Alfréd.

"Dettó", mondta Lia.

"De mi lenne, ha most rögtön elmondanám, hogy a Lélekfogódat valaki más töltötte be - és így már nem a tiéd?"

"Az emberek nem is tudnak a Lélekfogókról!" Alfréd felkiáltott. "A legtöbben azt hiszik, hogy a lelkük a mennyországba kerül (vagy ha rossz, akkor a forró helyre.) Ha tudnák, felháborodnának rajta. De nem tudják."

"Igen, nem hagyhatsz ki valamit, amiről semmit sem tudsz" - mondta Sam. "És nem is harcolhatsz olyasmiért, amiről nem tudsz."

"Azt mondták nekem, hogy a szüleim lelke most is itt lebeghet, hajléktalanul. Ez nagyon megütött."

"Pontosan ezért mondták el neked!" mondta Sam. "Ez nyílt manipuláció."

"Nem, ez érzelmi zsarolás" - mondta Alfred. "De értem, miért mondták ezt. Ha ugyanezt mondanák nekem a családomról, én is bele akarnék keveredni. Harcolni akarok ezekkel az istennőkkel. Ha forrófejű lennék, azonnal az érzelmeim alapján cselekednék. De itt logikusan kell gondolkodnunk. Meg kell őriznünk a hidegvérünket."

"Kik ezek az istennők egyébként? Mit tudunk róluk?" Lia megkérdezte.

"És biztosak vagyunk benne, hogy az arkangyalok a jó oldalon állnak?" Sam érdeklődött.

"Azt mondták, hogy egy hiba a részükről, még ezt is okozta - de azt nem mondták el, hogy pontosan hogyan történt, vagy miért. És nem voltak abban a hangulatban, hogy információt kérjenek tőlünk - többet, mint amennyit már így is ki tudtam szedni belőlük. Különben is, náluk van Rosalie, és a mi időnk a döntéshozatalra kezd kifutni."

"Pontosan - mondta Lia. "És mégis, hogyan dönthetnénk, ha azt sem tudjuk, mivel állunk szemben? Tudják, hogy gyerekek vagyunk. Igen, mindannyiunknak vannak egyedi képességeink - de vajon elégségesek-e? Ha az arkangyalok maguk sem képesek kezelni ezt a helyzetet... miért tudják, hogy mi képesek leszünk rá?"

"Ezt nem tudom megmondani. De azért szorongattam őket, hogy mondjanak többet. Ha nem lett volna a hang a falban - nem mondtak volna annyit, amennyit megtudtam."

"Hogy merészelnek elhallgatni előlünk információkat!" Alfréd felkiáltott.

"Elmagyaráztam, amit tudok. Hárman vannak közülük. Istennők - mitológiai lények, amelyekről azt hittem, hogy nem léteznek."

"Mindent megtudhatunk a neten, amit tudnunk kell, hogy felvértezzük magunkat ellenük" - mondta Sam. "De időbe telik majd." Tétovázott. "Viszont nem hiszem, hogy sok szerencsénk lesz a Lélekfogókról szóló információk után kutatva."

"Már próbáltam, de nem találtam semmit."

"Mikor hallottál először róluk?" Sam érdeklődött.

"A hang a falban arra utalt, hogy már korábban is hallottam róluk, de akárhányszor megpróbálok visszaemlékezni, olyan, mintha egy fal blokkolná az információt".

"Hűha! Pontosan ugyanez történik velem is" - mondta Lia. "Ez annyira furcsa."

E-Z a telefonján lévő időre pillantott. "Hát, mindannyiótoknak sok gondolkodnivalót adtam. Reggelig van időnk határozott döntést hozni... de nem hiszem, hogy van más választásunk, mint beleegyezni, hogy segítsünk nekik. Úgy értem, ha mi nem, akkor ki?"

"Én is ugyanerre gondoltam - mondta Alfréd. "De még mindig nem tetszik, ahogyan ezt csinálták."

"Nekem sem" - mondta Lia. "Én megyek aludni. Jó éjt mindenkinek. Reggel találkozunk." Becsukta maga mögött az ajtót.

"Szükséged van valamire?" Sam megkérdezte.

"Nem, minden rendben. Jó éjt, Sam bácsi."

"Jó éjt E-Z. El kell mondanom, milyen büszke vagyok rád, és hogy a szüleid is büszkék lennének rád."

"Köszi."

"És jó éjt, Alfred" - mondta Sam, miközben kinyitotta az ajtót.

"Jó éjt" - mondta Alfred, majd a szárnya alá hajtotta a fejét, és álomba merült.

E-Z, aki nem tudott elaludni, a plafont bámulta a feje mögé tett kézzel. Csinált néhány felülést, majd az oldalára fordult, remélve, hogy elbóbiskol. Ehelyett két fényt vett észre, egy zöldet és egy sárgát, amelyek feléje úsztak.

"Ébren vagy?" Hadz megkérdezte.

"Nem" - mondta E-Z vigyorogva, miközben felült.

"Nem szabadna beszélnünk veled" - mondta Reiki - "de beszélnünk kell veled, úgyhogy ki kell találnod, mit nem szabadna elmondanunk".

"Kitalálni? Komolyan? Tudnál adni egy tippet... tudod, leszűkíteni a kört, akár csak egy kicsit is?"

A leendő angyalok egymás között suttogtak. Úgy tűnt, nem értenek egyet, mert Hadz a szoba egyik oldalára repült, Reiki pedig a másikra.

"K, én megyek aludni. Ha rájöttél, reggel elmondhatod."

Elbóbiskolt, majd felébredt. A székében ült, és az égen szárnyalt. Becsatolta a biztonsági övét. "Mi a fene?"

"Úgy döntöttünk, mivel nem tudtuk leszűkíteni neked a mezőnyt. Vagy elmondani, amit tudnod kell. Hogy megalapozott döntést hozhass... Hogy inkább megmutatjuk Neked. Szóval, kövessen minket."

Ahogy a felhők elsuhantak, és a tiszta, de hűvös éjszakai levegő megtöltötte a tüdejét, E-Z élénkebbnek érezte magát, mint már egy ideje. Bizonyos szempontból hiányzott neki, hogy a próbákra hívják, hogy segítsen és megmentsen bajba jutott embereket.

Amióta nem dolgozik többé az Erielben, nem érezte magát szuperhősnek. Igaz, megmentett egy macskát, aki felakadt egy fára. És megakadályozta, hogy egy baseball-labda összetörjön egy értékes templomi ólomüvegablakot.

De a mindennapjai nagy részét a jövőre való gondolkodás töltötte ki. Azt tervezte, hogy a középiskolát a legjobb helyen fejezi be, hogy ösztöndíjat kapjon. A legjobb főiskolára vagy egyetemre, ahová bejuthat.

Sam bácsi és Samantha az új baba miatt tervezgettek. Titokban tartották, hogy fiú vagy lány lesz-e a baba, és senkit sem engedtek be a baba új szobájába. E-Z furcsának találta, hogy tizenöt éves, és hamarosan nagybácsi lesz, de már nagyon várta.

És Lia, ő pedig jól ment az iskolában, beilleszkedett, annak ellenére, hogy viszonylag rövid idő alatt hétéves korából két ugrással tizenkettő lett. Bármi is öregítette, úgy tűnt, megállt, és most úgy tűnt, belezúgott PJ-be. Határozottan felnőtt, és a férfi elmosolyodott, amikor arra gondolt, hogy milyen főnökösködő lett. Ez a Kis Dorrit egyszarvúra emlékeztette. Őt a próbák óta nem látták. Talán az arkangyalok küldték őt, hogy segítsen Liának, amikor mindannyian összekapcsolódtak. Aztán ott volt az unokatestvére, Charles Dickens érkezése. PJ és Arden pedig kómában rekedtek - és senki sem tudta, hogyan lehetne őket kihozni belőle. Alfred elfoglalta magát, a ház körül. Amióta megérkezett, Sam bácsinak nem kellett olyan gyakran füvet nyírnia.

Ismét felidézte a két próbát, amelyben hasonlóságot talált. Az egyiket, amelyikben a lány egy többjátékos szereplőnek öltözött. A másik a fiúval, akinek azt mondták, hogy ölje meg E-Z-t, hogy megmentse a családja életét. Összefüggöttek. Erielnek igaza volt. Csak ki kellett találnia, hogy ez pontosan mit jelent.

"Mindjárt ott vagyunk már?" - kérdezte, miközben észrevette, hogy milyen hideg van. Gyorsan haladtak, egyre közelebb kerültek a Halál-völgy Nemzeti Parkhoz, a Mojave-sivatagban. December volt, az év egyik leghidegebb éjszakai hónapja a sivatagban, és bárcsak elhozta volna a kapucnis pulóverét. Olyan sötét volt, hogy a csillagok milliószor fényesebbnek tűntek. Mintha szemek lennének az égen, amelyek között alig egy ujjnyi távolság van, legalábbis úgy tűnt.

A kiképzésben lévő angyalok nem válaszoltak. Néhány métert ereszkedtek, aztán teljes sebességgel repültek tovább előre.

"Nagyszerű!" - mondta. "Szóljatok, ha leszállunk. Bárcsak lenne egy utazási ügynök, aki megmondja, mit látok."

"Használd a telefonodat" - suttogta Lia és Alfréd. Aztán elhallgattak.

Tovább repültek, a Badwater-medence, Észak-Amerika legalacsonyabb pontja fölött. Azért nevezték így, mert a vize rossz - tehát ihatatlan a túlzott sók miatt. De néhány vadon élő állat- és növényfaj, például a savanyúság, a rovarok és a csigák virágozhatnak itt.

Mélyebbre mentek a Halál-völgybe, miközben E-Z szemügyre vette a terepet, és próbált nem gondolni arra, hogy mennyire szomjas.

"Ott vagyunk már?" - kérdezte újra, amikor egy fekete madár elrepült a feje fölött, és egy rakás kakit dobott le, mielőtt folytatta volna az útját. "Isten hozott a Halál-völgyben" - mondta, és az ujja hátuljával letörölte. Továbbsietett, hogy utolérje Hadzot és Reikit.

24. FEJEZET

DEATH VALLEY, U.S.A.

"**S**IESSETEK!" HADZ és REIKI azt mondta. "Már majdnem ott vagyunk Rhyolite-nál."

Előre tolta, hogy utolérje őket. "És mi van pontosan Rhyolite-ban?"

"Egy kis háttéranyag" - mondta Hadz. "Hacsak nem hallottatok már róla?"

E-Z megrázta a fejét. Az iskolában tanult a Grand Canyonról, leginkább arról, hogyan alakult ki.

Hadz folytatta: "Rhyolite egykor virágzó város volt az 1904-es aranyláz idején. Nem tartott azonban sokáig, 1924-ben meghalt az utolsó lakója, és szellemvárossá vált."

"Mit jelent az a szó, hogy Rhyolite?"

Reiki így válaszolt: "Ez egy savas vulkáni kőzet - a gránit lávaformája. Egy Ferdinand von Richthofen nevű geológus nevezte el 1860-ban. Eredete görög eredetű, a rhyax szóból, ami lávafolyamot jelent."

"Szóval a városban nagy aranyláz volt, és egy vulkanikus kőzetről nevezték el?" Tétovázott. "Azt hiszem, emlékszem valamire az óráról a vulkáni tevékenységről."

"Így van" - mondta Hadz. "Kétmillió évvel ezelőttre nyúlik vissza."

"Szóval, ez a lecke érdekes meg minden - de még mindig tanácstalan vagyok, hogy miért megyünk a Rhyolite-ba."

Reiki kibökte: "Mert ez a renegátok főhadiszállása."

"Akik a Lélekfogók irányításáért versengenek."

"Kik ők pontosan, és hogyan állíthatjuk meg őket? A mi - úgy értem, mi, a Hármak. Mert Eriel és Raphael fogva tartják Rosalie-t, és mellesleg az idő fogytán van. Csak huszonnégy órát adtak nekünk, hogy visszamenjünk hozzájuk."

"Pszt - mondta Hadz. "Rendkívüli hallásuk van, és a szél suttogva visszaviheti hozzájuk a hangunkat. Innentől kezdve csak az elménkkel fogunk beszélni."

E-Z az elméjét használva megkérdezte: "Mi történik, ha megtudják, hogy itt vagyunk? Úgy értem, nem fognak látni minket?"

"Hadz és én nem vagyunk emberek, így nem vagyunk a radarjukon. Te viszont nem, ezért is védtünk meg téged."

"Nagyszerű! Láthatatlan védőpajzs van körülöttem - ez egy hasznos információ, hogy tudom."

A távolban meglátta a Fekete-hegységet. "Lefogadom, hogy amikor a nap forróságot süt azokba a hegyekbe, egy tojást is meg lehetne sütni rajtuk." Tétovázott: "És mi van azzal a madárral, amelyik rám kakilt? Lehet, hogy a gonoszok küldték ki, hogy megkeressen minket?"

Hadz és Reiki megrázták a fejüket. "Láttuk a madarat. Egy holló volt - az égiek üzenethordozójaként ismert."

"Oké, ez így van. Szerintem nem úgy nézett ki, mint egy holló. Mondjátok el, mi az, ami elrabolta a lélekfogókat, és mit kell tennünk, hogy legyőzzük őket." Tétovázott: "És hogy mi köze van ennek Charles Dickens kisfiúként való reinkarnációjához". Ismét habozott. "Továbbá, Lia megkapja a transzportot? Visszatér-e az egyszarvú Kis Dorrit, ha/amikor beleegyezünk, hogy segítünk neked?" Ez aztán a sok beszéd. Szomjas volt, és azt kívánta, bárcsak hozott volna egy üveg vizet.

POP.

Megjelent egy. Visszaitta, miután azt mondta: "Köszönöm", senkinek.

Reiki megkérdezte: "Hallottál már az Erinyesről?".

E-Z megrázta a fejét.

"Más néven a Fúriák" - mondta Hadz.

"Fogalmam sincs, hogy mi az egyik sem... de van egy homályos emlékem, talán egy játékból?"

"Közösen a Bosszú Istennői néven ismertek."

"Mesélj még. Ki ellen állnak bosszút?"

"Miért, az egész emberi fajon!" Hadz fújt egyet.

"A barátaimmal korábban beszéltünk erről. A legtöbb ember nem tud a Lélekfogókról. A legtöbben azt hiszik, hogy van lelkünk. Lelkek, amelyek vagy a mennybe, vagy a pokolba kerülnek - attól függően, hogy milyen döntéseket hozunk az életünk során."

"Igen, ezzel tisztában vagyunk" - mondta Hadz.

"Akkor mondd el" - kérdezte E-Z. "Hol van Isten ebben az egészben? Isten vagy Jézus, Allah, Buddha... akármiként is ismered. Hol van ő?"

Hadz és Reiki válasz nélkül bámult előre.

"Oké, értem én, hogy nem tudsz válaszolni erre a kérdésre. Válaszoljatok inkább erre. Miért büntetik az istennők az embereket olyasmivel, amiről még csak nem is tudnak? Értem, hogy gonoszak, de ettől függetlenül nevetségesen hangzik."

"A gyerekek - mondta Hadz.

"Büntetik a büntetleneket. De..."

"Á, már vártam egy de-t... Folytasd csak."

"A fúriák visszaélnek a hatalmukkal. A határokat feszegetik. Ártatlanokat vesznek célba. Ártatlan gyerekeket, akik egy játékot játszanak."

"Várj, úgy érted, hogy a játékban játszó gyerekeket büntetik olyan dolgokért, amiket a játékban tesznek? De a játék nem a valóság! Hogyan büntethetik őket a való életben olyasmiért, ami nem valóságos?"

"Tudom, és te is tudod, de a Fúriák számára ez mindegy. Ha egy játékban meg akarsz ölni valakit, ugyanazt a gondolatmenetet végzed el, mint egy gyilkos. Magában foglalja a tervezgetést, a gyilkossági szándékot, majd véghezviszi. Bizonyos esetekben tömeggyilkosságokról van szó. És igen, ártatlanok, és arra kérik őket, hogy tegyék meg ezeket a dolgokat, hogy tovább jussanak a játékban. A Fúriák számára a gyerekek a büntetlenek, és ők tisztességes prédák, ha a játékon belül vannak."

"Várj egy percet!" E-Z felkiáltott. "Mit akarsz itt pontosan mondani? Azt hiszem, értem a lényeget, hogy a Lélekfogók hogyan illenek bele, de az ötlet annyira gonosz... hogy még gondolni sem akarom, nemhogy kimondani."

"A fúriák bosszút állnak a játékosokon. Azokon, akik a szívükben vétkeztek" - mondta Reiki. "Nem arra valók, hogy meghaljanak! A lélekfogóik nem állnak készen arra, hogy befogadják a lelküket, és így..."

"Nincs hová menniük" - mondta Hadz.

"És a Fúriák itt gyűjtik össze őket, létrehozva a saját Lélektörzsüket. A gyermekek lelkét lopott Lélekfogókban tárolják."

"Ez káoszt okoz" - mondta Hadz.

"Szóval, nektek, gyerekek, segítenetek kell."

"Várjatok egy percet!" E-Z mondta. "Várjatok már egy kurva percet!"

25. FEJEZET

NÉGY SZEM

"Ó, ó - KIÁLTOTTA Hadz, amikor egy sötét felhő gyorsan átvonult az égen, és az ő irányukba tartott.

"Nem hatolhattak át a védőpajzson!" Reiki felkiáltott.

E-Z átpillantott a válla fölött. Amit látott, az egy fekete valami volt, ami nem felhő. Ugyanis kígyószerű volt. Villás nyelvvel nyalogatta a levegőt. Két szem helyett számos szeme volt. Túl sok ahhoz, hogy meg lehessen számolni. Mindegyikből vér csöpögött. Vér és gőzölgő sárga genny.

A lény nyelve jobbra-balra változott. Ostorozó hangot adott ki, miközben az állkapcsai kinyíltak és becsukódtak. És a torkából egy csikorgó hang, ami váltakozva visított és zümmögött.

A széllel a háta mögött a legbüdösebb bűz töltötte meg a levegőt, és hamarosan elérte E-Z, Hadz és Reiki orrlyukait.

A szag nagyon büdös volt. Rosszabb, mint a kén. Vagy záptojás. Undorítóbb, mint a szeptikus folyadék és a rothadó hullák együttvéve.

A trió feljebb húzódott, hogy egy olyan gerinc mögé lássanak, amelyet korábban nem vettek észre. Mögötte ezüst konténerek álltak. Lélekfogók. Ameddig a szem ellátott.

"Olyan sok! Mindegyik tele van gyerekekkel? Jaj, ne!" E-Z orrhangon szólalt meg, mivel még mindig bedugta az orrát. Bár még mindig érezte a bűzt.

PTOOEY.

Kitértek a nyúlós, ragacsos, sárga gennyes permet elől.

"Ez meg mi a fene?" Kiáltott fel E-Z.

Alatta egy óriási szemgolyó volt látható. Be volt csukva. Álcázva.

PTOOEY. PTOOEY. PTOOEY.

"Ó, ne!" E-Z felkiáltott. "Szemfoltok!"

Rájuk lőtt, és kilőtte a forró, ragacsos folyadékot.

"Kapaszkodjatok!" Hadz és Reiki kiabált.

Mindketten megragadták E-Z egyik fülét.

"Ahhhhh!" - kiáltotta.

PTOOEY.

E-Z kikerülte a bogáncsot, de az majdnem a kerekesszékébe csapódott.

FIZZLE.

POP.

POP.

E-Z újra az ágyában volt. Izzadtsággyöngyök csöpögtek a homlokán.

Közben Alfréd tovább horkolt az ágy végében.

"Ez egy kicsit túl közel volt a kényelemhez!" mondta E-Z. "Áthatoltak a védőpajzson? Megláttak minket? Tudják, ki vagyok, hol lakom?"

"Nem, kijutottunk onnan, mielőtt átjutottak volna" - mondta Reiki.

"Lehet, hogy ez egy hülye kérdés, de miért nem POP-oltál be és ki minket onnan már az elején. Ahelyett, hogy időt szakítottál volna arra, hogy egészen odarepülj - és veszélybe sodortad volna az életünket?"

"Meg kellett MUTATnunk nektek."

"A csata előtt... Hogy is hívják..."

"Úgy érted, felderítés?" E-Z kérdezte.

"Igen, így van. Meg kellett mutatnunk nektek. Látnotok kellett, a saját szemetekkel. Az egészet. Hogy mivel állsz szemben" - mondta Hadz.

"Úgy gondoltuk, hogy amit megtanulsz, az megéri a kockázatot."

"Azt hiszem, az idő majd megmondja" - mondta E-Z.

"Sajnálom, ha túl messzire mentünk" - mondta Hadz.

"Tényleg a legjobbat akartuk neked."

"Tudom, hogy így volt. És örülök, hogy láttam a Lélekfogókat. Hogy milyen sokan voltak - ez tényleg megdöbbentett."

"Igen, minket is sokkolt. És biztos lehetsz benne, hogy az arkangyalokat is sokkolta. Amikor először látták."

"Nem kellett volna ezt mondanod" - mondta Reiki.

POP.

Hadz eltűnt.

"Ó, most már minden rendben van" - mondta E-Z.

"Ne is törődj vele."

"Még mindig nem értem, mit akarnak ebből kihozni a Fúriák? Mi a végjátékuk? Rájött már valaki?"

"Minden egyes nappal többet tesznek hozzá. Újabb gyerekek játszanak, akiket beszippant a hálójuk."

"De miért nincs nyilvános felháborodás? Nem kellene szólnunk a világ vezetőinek, elnököknek, miniszterelnököknek? Nincs valami, amit tehetnének?"

"Gondolj bele, mi lenne az első dolog, amit tennének? Beküldenék a hadsereget. Még több ember halna meg. Még több Lélekfogót követelnének meg idő előtt.

"A szerencsejáték az általunk megfigyeltek szerint világméretű jelenség. A gonosz nővérek elrabolják a gyanútlan gyerekek lelkét."

"De a legtöbb vezetőnek saját gyereke van" - mondta E-Z. "Bizonyára, ha tudnák, meg akarnák védeni a gyerekeiket, és más gyerekeket is meg akarnának védeni."

"Inkább a Fúriák a gyerekeikre zúdítanák a figyelmüket. Olyan lenne, mintha egy botot lógatnának eléjük" - mondta Reiki.

POP.

Hadz visszatért.

"Imádnák, ha elpusztíthatnák a nagy és hatalmas gyerekeket. Jelenleg úgy tűnik, hogy amit tesznek, az véletlenszerű - a játékon belül kiválasztott -" - mondta Reiki.

"Mesélj többet arról, amit tudsz róluk". E-Z kérdezte.

Hadz suttogta: - A nevük Allie, Meg és Tisi. Allie bosszúja a harag, Megé a féltékenység, Tisi pedig a bosszúálló néven ismert".

"Oké, akkor miért van ilyen büdös szaguk? És hogyan lehet mindhármukat legyőzni?" Kérdezte E-Z az órájára pillantva. Éppen reggel 8 óra felé járt az idő, beszélnie kellett a banda többi tagjával, hogy visszaszerezze Rosalie-t. Hogyan fog nekik mesélni erről a szörnyű trióról és az összes gyerekről azokban a Lélekfogókban?

"A legenda szerint a múltban megbüntették őket a munkájuk elvégzéséért. Most megtalálták ezt a kiskaput a Virtuális Valósággal, egy újszerű emberi találmánnyal." Hadz habozott. "Miért nem akarják az emberek soha a jelenben élni az életüket? Miért kell menekülniük és ostoba játékokat játszaniuk, amelyekkel veszélybe sodorják az életüket?" A leendő angyal elvörösödött, és rendkívül haragudott."

Reiki megpróbálta vigasztalni barátját, mondván: "Nem tudják, mit tesznek".

"A tudatlanság nem mentség" - mondta E-Z. "Vissza kell küldenünk őket oda, ahol a VR feltalálása előtt voltak. És vissza kell adnunk nekik azoknak a gyerekeknek a lelkét, akiket hamis ürüggyel vittek el. Csak az a kérdés, HOGYAN győzzük meg őket arról, hogy rosszat tesznek? Hogy életeket lopnak el, és gondolatokért büntetik az embereket, nem tettekért?

"Most, hogy megpillantottam a Fúriákat - tudom, hogy jobban kell segítenünk, mint valaha. De még mindig meg kell győznöm a többieket. Még ha bele is egyeznek, akkor is az esélyek ellen harcolunk. Pozitív akarok lenni. Mondjuk, hogy készen állunk a feladatra. De addig nem tudhatjuk biztosan, amíg el nem jön a harc ideje."

Megütötte a párnáját, és az ölébe tartotta. "Várjunk csak, meghaltak? Úgy értem, a Fúriák megszöktek a saját Lélekfogóik elől? És ha igen, hogyan? Ki segített nekik kijutni?"

Hadz Reikire nézett, Reiki pedig Reikire és Hadzra.

POP.

POP.

Eltűntek.

"Nagyszerű!" mondta E-Z. "Egyszerűen fantasztikus!"

26. FEJEZET

BALANCE

Bár próbált aludni, E-Z nem tudott. Folyton gondolkodott, és kérdéseket tett fel magának. Kérdéseket, amelyekre nem tudott válaszolni.

Így hát kikelt az ágyból, rákattintott a számítógépére, és kutakodott egy kicsit.

Hamarosan aranyat talált. Amikor talált egy linket A fúriák és a három grácia. Úgy tűnt, mintha egymás jinje és jangja lennének. Az egyik jó, a másik gonosz. Azon tűnődött, vajon a saját hasznukra fordíthatják-e ezt az információt. Ha a gonosz istennőket le lehetett hozni a földre, vajon a jó istennőket is vissza lehetett hívni?

Először is, mielőtt azt javasolta, hogy az arkangyalok hozzák vissza őket - feltéve, hogy képesek rá. Pontosan tudni akarta, hogy a Gráciák mit hoznának a konyhára.

Igen, ők istennők voltak. Zeusz lányai, aki az ég istene volt. Az erejük a bájra, a szépségre és a kreativitásra irányult. Olvasott tovább, de nem látta, hogy miben lennének segítségére a Fúriák ellen.

Mégis volt egy kis ideje, így folytatta az olvasást Olvasott valami Nietzschének tulajdonított szöveget. A jóról és a rosszról szóló elméleteit még mindig vitatták és vitatták a fórumokon.

Aztán egy emlék ugrott be a fejébe. Kevesebbszer fordult elő, a szüleivel kapcsolatos emlékek tértek vissza hozzá. Remélte, hogy soha nem fognak megszűnni.

Ez most egy beszélgetés volt az apjával. Newton harmadik törvényéről. Kimentek egy csónakkal, és horgászni mentek.

"Így hajtja magát a hal a vízben" - magyarázta az apja.

Azóta többet tanult róla az iskolában. Úgy gondolta, hogy Newton és Nietzsche nagyon érdekes beszélgetést folytattak volna. De az életük több ezer év választotta el őket egymástól.

Aztán rájött. Ő, Lia és Alfréd a Fúriák szöges ellentéte volt.

Vajon az arkangyalok már tudták ezt? Ezért tűntek olyan kitartónak, hogy csak ő és a csapata győzheti le a Fúriákat?

A kérdés, ami folyton átfutott az agyán, még mindig az volt - vajon tudnak-e győzni?

Egyáltalán lehetséges volt-e megállítani a Fúriákat?

Ezt meg kellett beszélnie a többiekkel.

Kikapcsolta a számítógépét, és visszament, hogy aludjon párat, mielőtt a többiek felébrednek.

Mindenki azt várta tőle, hogy mindenre tudja a választ. Neki nem voltak, de megtett minden tőle telhetőt. Amióta vezető lett, ilyen volt az élet.

27. FEJEZET

PIROS SZOBA

E-Z EGY PIROS SZOBÁBAN volt. Egy szobában, amelynek vérszaga volt. Az erős vasszag bántotta az orrát, ezért a kezével eltakarta, majd néhány lépést előrement. Léptei nyomokat hagytak a véres padlón. Hol volt ő? A pokolban? Itt legalább tudott futni, de hová? Nem voltak ajtók. Se ablakok. Semmiféle fény, és mégis, látta, hogy minden vörös. És nedves.

Elővette a telefonját, és rákattintott a zseblámpa alkalmazásra. A zseblámpa sugarát használva követte a falakat maga körül. Mind egyformák voltak. Véresek és csöpögtek. És bűzlöttek. Várt. Segítséget hívni nem tűnt okos dolognak. Talán jobban járna, ha bármi is hozta ide, nem jönne szembe vele. Inkább nem találkozott velük. A zseblámpa fénye kikapcsolt, és a telefonja lemerült. Félt megmozdulni, mozdulatlanul állt és figyelt.

Egy kúszást, valamit. Csúszás, végig a padlón. Egyik a falon jobbra, a másik balra jött lefelé. Három. Kígyók.

Aztán a szoba levegője megváltozott, és egy ismerős szag. Rothadó szag. Tojás. Kénes. Rothadó tetemek.

Befogta az orrát. Mint korábban, ez sem tudta elfedni az undorító bűzt.

Várt.

Tehát egyedül akarták őt. Elkapták. Gondoskodni fog róla, hogy megbánják, ha ez lesz az utolsó dolog, amit valaha is tesz.

"Meg tudnánk enni téged reggelire - ordította Tisi.

"Vagy ebédre - mondta Alli. "Végül is egy kicsit éhes vagyok."

"Vagy délutáni teát, nincs belőle sok. Nem úgy, hogy hárman osztozunk rajta" - mondta Meg.

E-Z minden idegszálával a szárnyaira koncentrált. Azok voltak az egyetlen reménye a menekülésre, és hasztalanul.

"Nézd!" Meg felsikoltott. "Megpróbálja használni a kis szárnyait."

Tisi és Alli felemelték magukat. Meg csatlakozott hozzájuk, miközben épp a férfi hatótávolságán kívül lebegtek.

A lába alatt megremegett és morajlott a padló. Mintha ki akart volna nyílni és elnyelni őt. Hátrált, hogy a falnak támaszkodjon. De amikor megérintette, az ingét vizesnek érezte. És amikor rátette a kezét, vérrel borítva jött vissza.

"Nem félek, tőletek, három ribanc!" - kiáltotta.

"Talán nem félsz tőlünk - még -" Meg felsikoltott.

"De nagyon hamar meg fogtok - sziszegte Tisi.

"Egyelőre ezzel a hárommal foglalkozhatsz - suttogta Meg, és a bűzös leheletétől majdnem hányt.

A három kígyó a magasságot kihasználva ugrott felé. Villás nyelvük sziszegett és köpködött. Aztán elkezdtek egymás köré tekeredni. Összefogtak, összefonódtak. Amíg egyetlen óriási kígyóvá nem váltak, három fejjel és három ostorral. Ostorok, amelyek E-Z irányába csattantak, hogy a helyén tartsák.

Tovább tolta magát hátrafelé. A mögötte csorgó vér hallatán valahogy megnyugodott. A teste ellazult, ahogy a háta a sarokba süllyedt a véresre csöpögő falnak támaszkodva.

"Nézz rá - mondta Tisi. "Ő csak egy kisfiú, és nem ártott senkinek. Sőt, annyira jófej, hogy kár, hogy el kell pusztítanunk."

"Igen, a szíve tiszta" - mondta Meg. "De van egy fekete folt a szívén. Egy bosszúfolt, amit azokon szeretne bosszút állni, akik felelősek a szülei haláláért."

"Ne beszélj a szüleimről!" E-Z kiabált, és még jobban belenyomta magát a véres falba. Félt. Félt, hogy amit mondtak, az igaz. Behunyta a szemét. Ha nem láthatja őket, akkor talán elmennek. Ekkor valami megingott mögötte. És ő szabadesésbe esett, hátrafelé. Bukdácsolt. Zuhant.

THUMP

A kerekesszékében landolt, és elrepültek.

Visszatérve a Vörös Szobába A fúriák dühösek voltak!

"Menjetek utána!" Tisi kiáltott.

"Kapjátok el!" Meg kiáltott.

"Túl késő!" Mondta Alli. "Mintha eltűnt volna!"

"Menjünk vissza a Halál-völgybe" - mondta Meg. Elmentek, üresen hagyva a Vörös Szobát. De a bűzük még mindig ott maradt.

THUMP.

"Vérzel - mondta Sam. "Vigyük be a fürdőszobába. Megnézzük, mennyire súlyos a sérülése." Sam az ajtó felé tolta a tolószéket.

"Ne, állj!" E-Z mondta. "Jól vagyok. A vér nem az enyém. De meg kell tisztálkodnom. Hogy lemossam magamról a bűzt. Aztán majd elmagyarázom, mi történt. Ígérem."

"Amíg biztos vagy benne, hogy jól vagy" - mondta Sam.

Miután elment, Sam, Lia és Alfred nem tudott mit mondani egymásnak. Csendben várták, hogy visszatérjen.

A fürdőszobában E-Z a rámpára állította a kerekesszékét. Amikor átépítették a házat, Sam bácsi kitalált neki egy új zuhanyzót. Ez nagyobb függetlenséget adott neki. És jó móka volt! Olyan volt, mint egy autómosó.

Felnyúlt, és átdugta a karját és a nyakát a szíjakon. Megnyomott egy gombot, hogy előre mozogjon, és a szék követte. Azonnal elkezdett folyni a víz. Egyszerre tisztította meg a testét és a ruháját. Időnként tusfürdő vagy sampon spriccelt ki, majd a víz, hogy lemossa.

Most, hogy tiszta volt, tovább mozgott előre, és beindította a szárítószerkezetet. Ez percek alatt megszárította őt és a ruháit, és gyűrődésmentessé tette őket.

Amikor a végére ért, lecsatlakozott a pántokról, és ledobta magát a székébe. Megnézte magát a tükörben. A haja már olyan jól nézett ki, hogy még fésülködnie sem kellett. Visszament a szobájába. Amikor meglátta a barátait, a gyomra megkordult, és elhányta magát.

"Sajnálom" - mondta. "Annyira sajnálom."

Lia és Alfréd átkarolta. Nem aggódtak a hányás miatt. Az odaadó barátok nem aggódnak az ilyen dolgok miatt.

Sam elment egy tálért és egy kis vízért, hogy megtisztítsa az unokaöccsét.

E-Z hálás volt a segítségért, és ez időt adott neki, hogy átgondolja, mit és hogyan fog mondani.

"Köszönöm, Sam bácsi. Ööö, amit el kell mondanom neked. Nem szép dolog."

"Folytasd csak" - mondta Alfréd.

"Mi itt vagyunk neked" - mondta Lia.

"Foglalj helyet Sam bácsi."

Szó nélkül soroltak mindent.

"Benne vagyok" - mondta Alfréd.

"Én is", mondta Lia.

"Én hárman", mondta Sam.

"Egyetértek", mondta E-Z. És egy másodperccel később már úton is volt vissza a fehér szobába. Vagy legalábbis remélte, hogy oda tart.

Bárhová jobb volt, mint a vörös szobába. Egyáltalán bárhová.

28. FEJEZET

FEHÉR SZOBA

A FEHÉR SZOBA VALAHOGY másnak tűnt, amikor a lába a földet érte.

E-Z olyan boldognak érezte magát, hogy újra a fehér szoba kényelmében lehet. Ahol sétálhatott. Megérinthette a könyveket. Megérezni a könyvek illatát. De valami furcsa érzés volt. Kikapcsolva.

Megnyugodott. Észrevette, hogy remeg a keze. A térdei remegtek. Most már a fogai is csattogtak.

Átölelte magát, és azt kívánta, bárcsak hozta volna a kabátját. Várt, várta, hogy megérkezzen. De nem érkezett.

"Mi ez a hely?" - kérdezte.

Nem jött válasz.

"Sajtburger, sült krumplival" - mondta.

Semmi.

"Chop suey, tojásos tekerccsel" - mondta, nagyobb tekintéllyel.

"Követelem, hogy tudjam, hol vagyok!" - kiáltotta.

Semmi.

Nadda.

"Rosalie?" - szólította. "Ott vagy? Eriel? Raphael? Valaki? Hadz? Reiki?"

Megint semmi.

Még egy udvarias PFFT sem, hogy megnyugodjon.

A könyvek ismerőssége volt az egyetlen horgony, ami itt tartotta. Elindult a létrához, a Ds alá tolta. Charles Dickensre számítva elkezdett felmászni. Ehelyett azt tapasztalta, hogy minden egyes könyv, amelyhez hozzáért, a játékvilághoz kapcsolódott.

Mi a fene?

És egyik könyvnek sem volt szárnya. Mindegyik vadonatúj volt. Mintha még senki sem nyitotta volna ki őket.

Majdnem leesett a létráról, amikor egy hang megszólalt,

"E-Z Dickens - ez nem az a fehér szoba, amit ismer. Ez egy másolat. Magát kutatásra küldték ide. Minden könyv, amire szüksége van, a keze ügyében van. Minden könyvet teljes egészében el kell olvasni és át kell nézni".

"Nem tudom gyorsan elolvasni ezeket a könyveket; évekbe telne, mire mindegyiket végigolvasnám!"

"Ezért kapsz egy további erőt. Egy olyan hatalmat, amely csak ennek a teremnek a falai között fog kiteljesedni. Olvass most. Gyorsan. Dühösen. Jegyezzétek meg az egészet."

Amikor ez a hang véget ért, egy másik kezdődött,

"Tíz, kilenc, nyolc, hét, hat, öt, négy, három, kettő, egy... Most pedig olvassátok az E-Z Dickens-t. Folytasd csak."

E-Z végigpörgött minden egyes könyvön.

Amikor befejezte az egyiket, azonnal egy másik esett a kezébe. Aztán még egy, és még egy.

Mindet elolvasta, amíg nem tudott többet olvasni.

Remélte, hogy nem fog felrobbanni a feje!

Aztán a falnak dőlt, sarokba húzódott, és sírva fakadt, miközben egy terv fogalmazódott meg a fejében.

Az ötlet akkor jutott eszébe, amikor PJ-re és Ardenre gondolt. Miért a Fúriák ültették őket kómába a Lélekfogók helyett? Benne voltak a játékban - állandóan játszottak, miért ne ölte volna meg őket?

A terv így szólt: Ő és a csapata kitalálták volna a saját többjátékos játékukat. Sam ismerné azokat az embereket, akik segíthetnének az iparban. Amikor a Fúriák lecsapnak a lelkükért - elintézik őket.

Azt kívánta, bárcsak Arden és PJ ott lenne vele játszani - mert ők fedeznék a hátát. Nem volt baj, ő is fedezte őket. Meg akarta menteni őket, és szabadon engedte őket.

Fel-alá járkált, és végiggondolta az egészet. Az egyik szempont nem működne. Ha játékba bocsátkozna vele, és megtagadná az ölést - ráállnának. És ezzel másokat is veszélybe sodorhatott volna.

Nem mintha a világ összes játékosának megmondhatná, hogy hagyja abba a játékot. Ha elmondaná nekik az igazat, a három istennőről, akik megpróbálják ellopni a lelküket, akkor bezárnák.

Mégis, ez volt az egyetlen ötlet. Az egyetlen tiszta út, amit látott, hogy legyőzze a Fúriákat a saját játékukban.

Beletörődve abba, hogy ennél jobbat nem tudott kitalálni, azt mondta: "Vigyél ki onnan".

És máris egyedül volt az igazi fehér szobában Rosalie-val és Raffaellóval. Azon tűnődött, vajon hol lehet Eriel, nem mintha hiányzott volna neki.

"Oké, van egy ötletem. Egyfajta terv" - mondta. "De nem vagyok benne biztos, hogy működni fog. Két kérdésre kell választ kapnom. És van egy kérésem egy harmadikra - a kérés nem alkuképes."

"Kérdezz csak - mondta Raphael.

"Az első: meg tudom-e menteni a legjobb barátaimat, PJ-t és Ardent, ha szembeszállunk a Fúriákkal?"

Raphael habozott, mielőtt megszólalt. "Ha sikerrel jársz, semmi akadálya, hogy a barátaidat megmentsük."

"A szívedre esküszöl?" - kérdezte.

A lány megtette.

"Ahogy sejtettem, az állapotuk a Fúriáknak köszönhető. Igaz ez?"

"Igen, úgy hisszük, hogy igaz. A barátaid bizonyos szempontból szerencsések, mert a lelkük sértetlen maradt. Amire nem tudunk rájönni, az az, hogy miért, vagyis ha a Fúriák célpontjai voltak. Minden más esetben, amiről tudomásunk van, gyerekek lelkét vették el. Nem tudunk olyanról, mint a barátaid, akik kómás állapotban maradtak életben."

"Erről is van egy elképzelésem, de azt szeretném tudni, hogy ha a Fúriákat legyőzik, mi lesz PJ-vel és Ardennel? Mi lesz az összes gyerekkel, akiknek a lelke már lélekfogókban van? Nekik nem kellett volna meghalniuk. És mi lesz a hontalan lelkekkel?"

"Jelenleg a Fúriák az internet erejét használják. Ez hozzáférést biztosít számukra a bolygó minden emberének szívéhez és otthonához. Olyan, mintha mindannyian nyitva hagytátok volna az ajtókat és az ablakokat - így bárki bejuthat. Igaz, hogy a Fúriák csak hárman vannak - de a hatalmuk nagy. Mitikus lények, istennők, akiknek eredete Zeuszig nyúlik vissza. Hallottál már Zeuszról, ugye?"

"Azt olvastam, hogy ő volt az ég istene és a Három Grácia atyja. Képesek lennének segíteni nekünk, ha visszahoznád őket?"

"Zeusz nincs benne ebben. És a lányai sem. Mi, arkangyalok nem játszadozunk az idővel. És mindig is úgy hittük, hogy a Lélekfogók szentek. Érinthetetlenek. Egészen mostanáig."

"Remek, szóval úgy gondoljátok, hogy a barátaimat a Fúriák vették célba, de nem vagytok benne biztosak. Ugyanúgy nem, mint én, igaz?"

"Így van. Azért, mert nem tudok száz százalékig igent vagy nemet mondani. Ha a barátaid játszadoztak.

Mármint a játékokon belül gyilkolnának... Akkor megfelelnének a Fúriák kritériumainak.

"De ha holtan akarnák őket - akkor már halottak lennének. Hacsak... nem, annak nem lenne értelme. Ez azt jelentené, hogy tudnak rólad és a csapatodról. Kizárt, hogy tudnának róla. Titokban tartottuk a dolgot. Ha tudták volna, akkor életben tartanák a barátaitokat arra az esetre, ha esetleg szükségük lenne egy kis befolyásra."

"Úgy érted, hogy alkudozási eszközként?"

"Lehetséges, de hogy őszinte legyek, nem tudom. Ahogy mondtam, mindent titokban tartottunk rólad és a csapatodról. Mi, beleértve engem és a többi arkangyalt is, bármit megtennénk, hogy megvédjünk téged.

"A fúriák az évszázadok során hatalmat kaptak. De soha nem ártatlan gyerekeket vettek célba. Soha nem csavarták ki a napirendjüket a saját céljaik érdekében."

"Mik a céljaik?" E-Z kérdezte.

"Azt nem tudjuk."

E-Z azt mondta: "Ezért van szükségünk a legnagyobb esélyünkre, hogy győzzünk ellenük."

"Pontosan, de minden nap több gyermek lelkét lopják el, és felgyorsítják a folyamatot."

"Felgyorsítják, mennyivel?" E-Z megkérdezte.

"Úgy gondoljuk, hogy ezrével, de hamarosan milliókkal. Hamarosan túl késő lesz megállítani őket."

"Oké, értem, mi forog itt kockán, de mi csak gyerekek vagyunk, és nem akarunk vakon belemenni. Halandók vagyunk, és ők is azok. Gondolkodnunk kell, mérlegelnünk kell minden lehetőséget, mielőtt kockáztatnánk az életünket."

"Megértjük, és ahogy mondtam, mi majd fedezünk titeket."

"Most pedig jöjjön a következő kérdésem, szeretném tudni, mit kellene tennem egy tízéves Charles Dickensszel?"

"Ó, az" - mondta Raphael. "Először is, semmi közünk a reinkarnációjához. Van egy elméletünk, azon kívül, amit elmondtunk neked, vagyis, hogy te idézted meg őt. Kíváncsiak vagyunk, hogy a visszatérése, hiba volt-e a részükről. Talán az univerzum megnyílt, és elküldte őt, hogy segítsen nektek, egyensúlyként. Végül is, ő egy vérrokon. És ő egy mesélő, és egy cselekménymester. Lehet, hogy olyan eszközei és meglátásai vannak, amelyekről még nem tudsz, és amelyek segítenek neked legyőzni a Fúriákat."

E-Z gondosan megválogatta a szavait. "De ő egy gyerek. Még nem írt semmit. Zavaró tényező lesz, ráadásul egy másik korból való, és veszélybe sodorhat minket és a küldetésünket."

"Attól függ" - mondta Raphael. "Lehet, hogy titkos fegyver lesz. Ő itt van, érted. Ha hiszel benne. Hogy írónak született. Akkor tízévesen már minden szükséges készséggel rendelkezni fog. Használd őt az előnyödre, ha úgy döntesz."

E-Z ökölbe szorította az öklét. "Azt mondod, hogy az unokatestvéremet használjuk csalinak?"

Raffaello felnevetett, és fölösleges szellőt keltve röpködött.

"Segítene, ha nem csapkodnál annyit" - mondta Rosalie. "Rétegesen be vagyok rétegezve pulóverekkel, mégsem tudok itt bent felmelegedni. Egyébként most már szeretnék hazamenni. E-Z és a többiek beleegyeztek, szóval megtettem a magamét. Most pedig viszlát, viszlát. Hadd menjek haza."

BINGÓ.

Rosalie eltűnt, és újra a szobájában landolt. Gondolatban beszélgetett Liával, és elmondta neki, hogy sértetlenül tért vissza, és most szundikálni fog.

E-Z gondolt egy másik, nem tárgyalható követelményre.

"Azt akarom, hogy Hadz és Reiki velem legyen, a csapatunkban."

Raphael elmosolyodott. "Hadzot és Reikit a vezetőnk, Michael köti Erielhez."

"Akkor hadd beszéljek vele. Ők ketten segítettek nekünk. Jönnek, ha hívom őket. Ha harcolni akarunk az ősi gonosz ellen, szükségünk van arra a kettőre, hogy segítsenek nekünk."

"Michael nem tud veled beszélni. Én azonban előadom a kérésedet. Ha szükségesnek tartja, tudatni fogja velem, és én viszont tudatni fogom veled. Van még valami más?"

"Igen. Tudnom kell, hogyan szabadulhatok meg a Fúriáktól. Meg kell ölnünk őket? Visszaküldeni őket oda, ahonnan jöttek? Pontosan mit kérsz tőlünk, mit tegyünk ezekkel az istennőkkel?"

"Kötözzétek meg őket, tartsátok fogva őket - a többit majd mi elintézzük. Ha a terved működik, akkor átvehetjük az irányítást a Lélekfogók felett. Mindent visszaállítunk a régi kerékvágásba."

"Mi lesz azokkal, akik idő előtt meghaltak?"

"Mindent kiegyenlítünk... amint az ellenséget semlegesítettük."

"Mielőtt visszaküldesz - mondta E-Z -, szükségem van valamire, valami biztosítékra, hogy nem fogsz újra keresztbe tenni nekünk. Hadz és Reiki adása lett volna ez a biztosíték, de mivel ezt nem tudod megadni, ezért valami másra van szükségem. Valamire, amit visszavihetek a többieknek, és azt mondhatom, ez a bizonyíték arra, hogy nem szegnek meg minket, ahogy a múltban tették."

"Mint például?"

"A szemüvege megteszi" - mondta.

Raphael térdre ereszkedett, a szárnyai abbahagyták a csapkodást, és visszahőkölt. "Nem azt, bármit, csak azt ne" - kiáltotta. "A szemüvegem nélkül nem vagyok segítségedre, és senkinek sem vagyok segítségére."

"Az arkangyalok akarata ellenére tartották itt Rosalie-t. Kihasználták őt, hogy eljussanak hozzám. Meggondolták magukat a tett ígéretekkel kapcsolatban, törölték a próbáimat..."

Megérintette a szemüvege szélét, majd levette. A kezében a szemüveg kígyóvá változott, egy vörös kígyóvá, amely felkúszott E-Z karjára, és csúszott, csúszott, csúszott.

"Mi a fene!" Kiáltott fel E-Z, miközben a kígyó tovább haladt felfelé a nyakán. Az álla szélén át. Átcsúszott szorosan összezárt ajkai fölött. Fel és át az orrán. Aztán megfelezte magát, és egy-egy végét a fülei köré tekerte. Aztán visszatért eredeti állapotába pulzáló szemüvege.

"A szemüvegem most már a tiéd, bármit is teszel - ne hagyd, hogy a Fúriák elvegyék tőled. Ha ez megtörténne, akkor mindannyian elpusztulnánk."

"Várj!" - szólalt meg a hang a falból. "Mi van, ha elbuksz? Elvégre még csak gyerekek vagytok."

"Nem ígérhetek sikert - de mindent beleadunk. De jó lenne tudni, ha szükségünk lenne a segítségetekre, hogy a hatalmatokkal segíteni fogtok nekünk."

"Áll az alku" - dörmögte a hang.

E-Z ismét a tolószékében ült a szobájában, arcán lüktetett a vörös szemüveg.

"Ezt abba kell hagynod" - mondta Sam bácsi, aki éppen az unokaöccse ágyát vetette meg. "Mielőtt elfelejtem, Sam és én ma meglátogattuk PJ-t és Ardent, amikor a kórházban voltunk kivizsgáláson. Összefutottunk PJ apjával; ő tájékoztatott minket a fejleményekről. Most egy kórházi szobán osztoznak, de egyikük állapota sem változott".

"Köszönöm, fel akartam hívni őket. Rendben, mindenki gyűljön körém."

29. FEJEZET

MI VAN MOST?

"**S**ZÜKSÉGED VAN RÁM, HOGY maradjak?" Sam szünetet tartott. "Mert a feleségem arra vár, hogy megmasszírozzam a lábát. A baba bármelyik nap szülhet, úgyhogy nem lehet megvárakoztatni."

"Uh, menj csak, és vigyázz rá" - mondta E-Z. "Majd később beavatlak a részletekbe."

Lia megölelte Samet.

"Köszönöm" - mondta Sam, miközben becsukta maga mögött az ajtót.

Megszólalt a bejárati csengő.

"Megvan!" Kiáltott Sam, miközben a bejárati ajtóhoz rohant.

"Sok dolga van - mondta E-Z.

"Könnyebb lesz, ha jön a baba" - mondta Lia.

"Káoszosabb lesz" - mondta Alfréd. "De ne aggódjunk most emiatt."

"Szóval, mi a helyzet?" Lia megkérdezte.

"Kezdjük a pozitívumokkal, ha vannak. Nagyon remélem, hogy vannak" - mondta Alfréd.

"A jó hír az, hogy van egy ötletem. A szomorú hír az, hogy fogalmam sincs, hogy működni fog-e az ellenségeink ellen. Úgy ismerik őket, mint a Fúriákat. Hallott már róluk valamelyikőtök? A mitológiából ismertem a nevüket, és néhány játékban is szerepelnek."

Lia nemet rázott a fejével.

Alfréd azt mondta: "Hallottam róluk, de az már nagyon régen volt. Azt hiszem, a gimnáziumban olvastunk róluk, még annak idején. Arra emlékszem, hogy gonoszak voltak - talán hárman voltak? És nem istennők? Medúza van a fejemben. Rokonok voltak?"

"Rosszabbak. Sokkal rosszabbak, mert hárman vannak" - mondta E-Z. "Amikor hánytam, nos, az rögtön a második találkozásom után volt velük. Az első találkozáskor, az egy Hadz és Reiki kiránduláson történt. Amit ők úgy hívtak, hogy egy kis felderítés. És ne aggódj, álcázva voltunk, de sokat tanultam. A Halál-völgyben rendezték be a főhadiszállásukat.

"Ahogy gyanítottuk, a gyerekeket veszik célba. A játékvilágban. Lia, azt kérdezted, mi a céljuk... Az a céljuk, hogy a gyerekeket a határon túlra taszítsák. A mi korosztályunkból, és még fiatalabbakból is.

"Ha egyszer elkapják őket, ellopják a lelküket. És más embereknek szánt Lélekfogókba teszik őket. Így, amikor meghalnak, a lelküknek nincs hová mennie."

"Ez annyira gonosz!" mondta Lia.

"Szóval, amikor a Lélekfogók igazi tulajdonosai meghalnak, mi történik a lelkükkel? Úgy értem, ha a lelküknek nincs hová mennie - nincs otthon, nincs mennyország -, akkor mi történik velük?" Kérdezte Alfréd.

"Ez a helyzet. Nincs örök nyugvóhelyük - így amikor meghalnak, csak lebegnek. Legalábbis ez a sűrített változat. És meg kell állítanunk a Fúriákat, méghozzá minél előbb."

"Hogyan veszik el a gyerekek lelkét? Nem értem" - kérdezte Lia.

"Én sem" - mondta Alfréd. "A gyerekek, főleg azok, akik játszanak, nagyon értik a számítógépet. Hogyan veszélyeztetik magukat? Hogyan férnek hozzá a Fúriák a saját otthonukban, a szüleik orra előtt?" Egy pillanatra elgondolkodott: "Ők a felelősek azért, hogy PJ és Arden kómában van?"

"Oké, Lia kérdése az első. A fúriák megbüntetik azokat, akiket nem büntetnek meg - ez volt a céljuk történelmileg. A legfőbb fegyverük mindig is a bűntudat volt. Elérik, hogy az emberek bűntudatot érezzenek. Hogy megbánják, hogy rosszat tettek. És amikor ezt megteszik, átveszik az irányítást. Az őrületbe kergetik őket, ráveszik őket, hogy elpusztítsák magukat.

"Meséltem neked arról a kölyökről, aki eljött hozzám és megpróbált lelőni? Azt mondta, hogy valaki a játékban azt mondta neki, hogy megölik a családját, ha nem öl meg engem. Ők vették rá, hogy rám szálljon, mert a játékban tett akciókat. Eriel tippje kellett ahhoz, hogy rájöjjek erre a kapcsolatra. Akkor furcsának tűnt, de nem vettem észre azonnal.

"Így csinálják. Egy gyerek játszik egy játékot, és ahhoz, hogy előrébb jusson a játékban, meg kell ölnie valakit, vagy akár tömeggyilkosságot kell elkövetnie, vagy, nos, érted a lényeget. A való világban ezek a dolgok bűnök és törvénybe ütközőek, a játékban viszont a játék részei. A legtöbb játéknál ez az egyetlen cél."

"Várjunk csak - mondta Alfréd. "Azt akarod mondani, hogy a játékban úgy büntetik a gyerekeket, mintha a való életben gyilkosságot követtek volna el?"

"Így van" - mondta E-Z. "Pontosan ezt teszik. Ahogy a játékipart használják arra, hogy igazolják - nem, nem hiszem, hogy ez a helyes szó. Úgy értem, hogy elnézik a tetteiket, amikor elveszik a gyerekek lelkét."

Lia összezárta a kezét, és ökölbe szorította. Aztán eltakarta velük a fülét, mintha nem akarna többet hallani. "Teljesen igazad van E-Z. Nincs más választásunk - feltétlenül véget kell vetnünk azoknak a boszorkányoknak. Minél előbb, annál jobb."

"Tudom - mondta E-Z -, de nem lesz könnyű. Ők istennők, más néven a Sötétség Lányai és Erinyék. Első számú céljuk, hogy megbüntessék a gonoszokat, és egy játék keretein belül - mindenki gonosz. Ez az egyetlen módja a játékban való előrejutásnak."

"Azt mondtad, hogy van egy terved, mi az?" Alfréd megkérdezte.

"Először is, hogy válaszoljak a PJ-vel és Ardennel kapcsolatos kérdésedre. A megérzésem szerint a válasz igen. De megkérdeztem Raffaelt, hogy meg tudja-e erősíteni. Azt mondta, hogy nem tudja száz százalékosan megmondani, hogy így vagy úgy. Mivel a Fúriák még soha - tudomásuk szerint - nem sétáltak el egy lélek ellopása elől. Arról nem is beszélve, hogy két lelket.

"Ó, még egy dolgot el kell mondanom, a Halál-völgyben több ezer Lélekfogó van. Talán több mint ezren, és számuk napról napra nő. Olyan messze vannak, ameddig a szem ellát." Megállt, mintha a szíve a torkán akadt volna, és letörölt egy könnycseppet.

"Nehéz volt szemtanúja lenni. Amit tesznek, az annyira előre megfontolt, szándékos. Amit viszont nem értek, az az, hogy mi hasznuk van belőle. Úgy értem, Hadznak és Reikinek igaza volt, hogy elvittek oda, hogy lássam. Ha elmondták volna, anélkül, hogy megmutatták volna... nem érintett volna meg annyira. Ó, és Raphael azt mondja, hogy naponta növelik a bevitelüket. Szóval, nincs sok időnk arra, hogy csak üljünk és gondolkodjunk. Tervre van szükségünk, és cselekednünk kell."

"Halandóak?" Kérdezte Alfréd.

"Igen, ezen a szinten vagyunk" - mondta E-Z. "Szóval, a terv, amit kigondoltam, az volt, hogy csináljunk egy saját játékot. Sam bácsi segíthetne. Amikor én játszom, hogy gyilkosságokkal hivalkodjak, akkor a

Fúriák jönnek értem. Ha megteszik, csapdába ejtjük őket, és a játékban megöljük őket.

"Úgy gondoltam, hogy a játékban csökkenhet az erejük. De aztán eszembe jutott - mi van, ha az enyémek is."

"Nem tudnánk meg, amíg nem lesz túl késő" - mondta Alfréd.

"Így van. Minél többet gondolkodtam rajta, annál kevésbé tűnt hatásosnak az ötlet. Arról nem is beszélve, hogy ha tényleg náluk van PJ és Arden, a limbóban ragadva, amíg az irányításuk alá nem vonják... Nos, elvehetik a lelküket. És mi elveszítenénk őket."

"Úgy érted, hogy csapda lehet?" Lia megkérdezte.

"Pontosan."

"Sok gondolkodnivalót adtál nekünk" - mondta Alfréd. "Szerintem aludjunk rá egyet, gondoljuk át, és holnap beszéljünk róla újra."

"Nem biztos, hogy tudok majd aludni" - mondta Lia - "de egyetértek, tartsunk szünetet. Időre van szükségem, hogy átgondoljam, mekkora veszélybe sodorjuk magunkat. Biztosra kell mennünk, hogy fedezzük egymást."

"Hogyne - mondta E-Z. "Addig is meglátom, hátha elő tudok állni egy B-tervvel."

Lia elhagyta a szobát, és becsukta maga mögött az ajtót.

"Vajon ki volt a bejárati ajtónál?" E-Z megkérdezte.

"Reggel megkérdezhetjük Samet, valószínűleg még mindig a felesége lábát ápolgatja."

Elnevették magukat. "Jól hangzik a terv" - mondta E-Z. "Jó éjt, Alfred."

"Jó éjt E-Z."

30. FEJEZET
OOOH, BABY BABY

"JÖN A BABA!" KIáLTOTTA Sam néhány órával később.

A folyosón lefelé menet fél kézzel fogta Samantha kezét. A vállán átvetve egy éjszakai táska volt. Felkapta a kocsikulcsot.

"Nem te vezetsz, szerelmem" - mondta Samantha, miközben visszatette a kulcsokat a pultra.

E-Z kijött az előszobába. "Akarod, hogy veled menjünk?"

"Jól vagyok" - mondta Samantha. "Lia még mindig mélyen alszik."

"Felébresztem, és a kórházban találkozunk, rendben?"

Lia átpillantott a válla fölött: "Már hívtam egy taxit. Nem ő vezet."

Sam elmosolyodott: "Ő a főnök."

"Hamarosan találkozunk" - mondta E-Z. "Apropó, ki állt tegnap este az ajtóban?"

"Rosalie volt az. Kimerült volt, ezért a vendégszobában helyeztük el."

"Oké, köszönöm" - mondta E-Z.

Miközben végiggurult a folyosón Lia szobája felé, és azon tűnődött, mit kereshetett ott Rosalie, bekopogott az ajtón.

"Én vagyok az, Lia" - mondta. "Anyukád és Sam bácsi a kórházba mennek. Jön a baba!"

Először csattanás hallatszott, aztán Lia kinyitotta az ajtót. Az éjjeliszekrényén lévő lámpa a földön állt az ágy mellett. "Mindjárt kész vagyok" - mondta. Becsukta az ajtót.

Továbbment a vendégszobába. Benézett, és Samnek igaza volt, Rosalie mélyen aludt. Visszament a szobájába, felöltözött, és igyekezett nem felébreszteni Alfredot. A hattyúk nem jöhettek be a kórházba, úgyhogy gonoszság lenne felébreszteni - kirekesztve érezné magát. Írt egy cetlit, hogy Rosalie a vendégszobában alszik, és hogy vigyázzon rá, amíg visszaérnek. Mondd meg neki, hogy érezze magát otthon - írta. Otthagyta az üzenetet, hogy Alfrédnak ne hiányozzon, amikor felébred.

E-Z becsukta maga mögött az ajtót, és bezárta, majd Liával beszálltak a várakozó taxiba, és elindultak a kórház felé.

Követték a jelzéseket, és hamarosan megtalálták a csecsemőosztályt. Sam ott volt, fel-alá járkált, mint a várandós apák a tévében.

"Hogy bírod?" Kérdezte E-Z.

"Hogy van az anyukám?" Kérdezte Lia.

"Köszönöm mindkettőtöknek, hogy eljöttetek" - mondta Sam. A keze remegett, amikor megpróbált inni egy pohár vizet egy üvegből. "Samantha nagyon-nagyon jól van. Úgy értem, már átesett ezen veled, Lia, szóval tudja, mire számíthat, és én is. Hát, nem tudom, hogy meg tudok-e birkózni vele. A tanfolyam, amin részt vettünk, hogy felkészüljünk a mai napra, jó volt - de a valóság egészen más. Utálom a kórházakat."

"Mindenki utálja a kórházakat" - mondta E-Z. "De amikor belépnek azokon a lengőajtókon. És azt mondják, hogy szükség van rád... Akkor össze kell szedned magad, és be kell menned oda, hogy segíts a feleségednek. Ne feledd, hogy egy csapat vagytok, együtt vagytok benne. Meg tudjátok csinálni!" Megveregette a nagybátyja vállát.

"Tudom."

Lia Sam vállára hajtotta a fejét. "Nagyszerű leszel."

Megérkezett egy nővér. "A feleségednek szüksége van rád. Már nem tart sokáig. Elviszem magát bemosakodni, és utána a feleségével lehet, amikor levesszük."

Sam bólintott, és elindult.

Az utolsó arckifejezés E-Z-t arra emlékeztette, mintha valaki kivégzőosztag előtt állna.

"Nem lesz semmi baja - mondta Lia, és megveregette E-Z kezét.

Órákkal később Sam széles vigyorral az arcán tért vissza hozzájuk. "Van még egy lányom - mondta -, és egy fiam!"

"Két baba?" Lia és E-Z egybehangzóan mondták.

"Igen, kettő. Csak egyet láttunk a vizsgálaton."

"Hogy van az anyukám?"

"Ragyogóan! Csodálatos!"

"Láthatjuk őt? És a babákat?"

"Adj nekik pár percet, hogy előkészítsék a dolgokat. Aztán találkozhatsz a testvéreddel, Lia, és E-Z, te pedig az unokatestvéreiddel."

"Tudod már, hogy mi lesz a nevük?" E-Z megkérdezte.

"Igen, de majd együtt elmondjuk."

"Rendben van" - mondta E-Z.

"Két baba, abban a házban - a többiekkel együtt" - mondta Lia.

"Én is ugyanerre gondoltam. Már így is tele van a ház... de majd megoldjuk. Mint mindig."

Együtt ültek és vártak.

EPILÓGUS

HETEKKEL KÉSŐBB JANUÁR 17-E volt. A karácsony eljött és elment a szokásos pompával és pompával, ahogy az új év beköszöntése is. E-Z egy évvel idősebb volt, édes tizenhat éves, és a banda együtt volt a szobájában. Charles Dickens csatlakozott hozzájuk Facetime-on keresztül.

A folyosó végén az ikrek - Jack és Jill - felfordulást okoztak. Sam és Samantha még mindig szokta az újonnan érkezettek rutinját. A házban senki sem aludt sokat, amíg ki nem bontották a karácsonyi ajándékokat. E-Z, Lia és még Alfred is kapott hangszigetelő fejhallgatót.

E-Z már azon gondolkodott, hogyan tudnák más módon legyőzni a Fúriákat. Azon kívül, hogy az ő ötlete volt, hogy a játékban menjenek utánuk. Kevés más lehetőség kínálkozott.

Amíg a többiek aludtak, ő néhányszor beszélgetett Charles-szal a neten. Charles úgy gondolta, hogy a saját játékukban legyőzni őket "totál vagány" lenne. '

E-Z egy kicsit aggódott, hogy azok a detektívek milyen egyéb kifejezéseket tanítanak Charlesnak. Együtt úgy döntöttek, hogy beavatják a csoportot a megbeszéléseikbe, hogyan lépjenek tovább a játékötlettel kapcsolatban.

"Ez egyszerű" - mondta Charles Dickens. "E-Z és én a minap telefonon beszéltünk, és kitaláltuk, mi működhetne. Ha van valami infójuk a Hármakról - úgy értem, hogy az egész internet tele van veletek -, akkor tudnak rólatok. De rólam nem fognak tudni.

"Nem mintha félnének tőlem. Bár Edward Bulwer-Lytton egyszer azt írta, hogy "a toll erősebb a kardnál". Ebben az esetben remélem, hogy ez igaz lenne.

"Szóval, gyakoroltam a barátaimmal, a detektívekkel. Úgy gondoltuk, hogy a legjobb játék, amibe be lehet őket vonni, egy már létező játék. És úgy gondoljuk, hogy tudjuk a tökéletes játékot.

"Úgy hívják, hogy A PK Crew. A játék besorolása 13+ vagy néhol 12+, és ingyenes. A játék motívuma, hogy mindenkit meg kell ölni, beleértve a családodat és a barátaidat is. Minden egyes gyilkosságért jutalmat kapsz, de ha a hozzád közel álló embereket ölöd meg, még több pontot kapsz. Több pénzt. Még hírnevet is a játékon belül. A képed a PK TV televízióban. A The Peachy Keen Times című újság címlapján. A játék egy kitalált városban játszódik, Peachy Keen-ben. Ez a tökéletes csapda - és ezt a játékot mi magunk fogjuk elindítani. Én tizenkét éves gyerekként fogok játszani, ők bejönnek a játékba, ti pedig már ott lesztek".

"Elég biztonságos lesz - mondta E-Z -, úgy értem, te már halott vagy - mármint az előző életedben -, úgyhogy nem tudnak megölni téged."

Kopogtak az ajtón: "Nyitva van" - mondta E-Z.

Lia felugrott, és átkarolta Rosalie-t. "Jó látni, hogy felébredtél" - mondta, miközben barátnője vastag pulóverébe bújt.

Rosalie a csapatuk fontos részévé vált. Azonban már csak egy napig maradhatott velük. Utána vissza kellett mennie az otthonba.

Ahogy átment a szobán, hogy leüljön, megveregette Alfréd hattyú fejét. Mindannyian gyors barátokká váltak, mióta a kisbabák előtt érkezett.

"Van néhány dolog, amit el kell mondanom nektek. Először is, köszönöm, hogy ilyen szívesen fogadtatok. Csodálatos volt látni téged, és köszönöm, hogy a csapatod részének éreztél."

"Ahhhhh" - mondta Lia.

"Amit el kell mondanom, az az, hogy írtam egy könyvbe más gyerekekről, akiknek olyan különleges képességeik vannak, mint nektek. Az éjjeliszekrényem fiókjában van. Legközelebb, amikor meglátogatsz, odaadom neked, hogy elmenj és megkeresd a többieket, hogy segítsenek neked legyőzni a Fúriákat."

"Minden segítségre szükségünk lesz - mondta Lia.

"Raphael és Eriel úgy gondolja, hogy tudnak segíteni nektek, ezért akarták, hogy adjam át nekik a részleteket. Ezért írtam le - hogy ne felejtsek el semmi fontosat."

"Ezért rángatott be téged Raphael és Eriel a fehér szobába?" E-Z érdeklődött.

"Igen és nem. Vagyis igen. Tudnak a többi gyerekről. De nem, nem kértek meg egyenesen arra, hogy adjam át a róluk szóló információkat. Tudom, hogy ezek a gyerekek fontosak neked, és nélkülük nem tudod legyőzni a Fúriákat".

"Mit tudsz te a Fúriákról?" Alfréd megkérdezte.

Rosalie összerezzent, és keresztbe fonta a karját. "Tudok róluk néhány dolgot. Például, hogy ők három ijesztő nővér, akik azért jöttek vissza a Földre, hogy semmi jót ne tegyenek."

E-Z azt mondta: "Nem viccelsz. Első kézből láttam, milyen károkat okoztak eddig. Dolgozunk egy terven. De mondd csak, hol van a többi gyerek? Gondolod, hogy segíteni fognak nekünk? Már ha ki tudjuk találni, hogyan hozzuk ide őket."

"Ők jó gyerekek, de ehhez engedélyt kellene kérni tőlük, és a szüleiktől is. Az egyik a világ másik felén van Ausztráliában, a másik Japánban, a harmadik pedig az Egyesült Államokban, Phoenixben, Arizonában. Lehet, hogy vannak még mások is, de eddig csak ezzel a hárommal kerültem kapcsolatba" - mondta Rosalie.

"Másrészt, ha új gyerekeket hozunk be, az bonyolítja a dolgokat" - mondta E-Z. "Különben is, ha elbukunk, akkor nem lesz senki, aki átvegye a helyünket. Talán az lenne a legjobb, ha mi magunk intéznénk ezt, a lehető legkevesebb kitettséggel. Ha meg tudjuk csinálni, mármint kivenni a Fúriákat - minek vonjunk be másokat? Idegeneket? Miért kockáztatnánk más gyerekek életét?"

"Nem is olyan régen még mindannyian idegenek voltunk - mondta Alfréd.

"Én még mindig idegen vagyok - még ha rokonok is vagyunk" - mérlegelt Charles Dickens. "De én nem tartozom a Hármak közé. E-Z a főnök, és én szívesen teszem, amit ő jónak lát. A detektívek szerint újonc vagyok. És ez igaz is."

Rosalie a fiúra nézett a képernyőn. "Még nem mutatkoztunk be rendesen - mondta. "Rosalie vagyok, és biztos vagyok benne, hogy én még nálad is inkább újonc vagyok."

Charles felnevetett. "Én Charles Dickens vagyok."

"Valami rokonságban állsz, tudod, A Charles Dickensszel?" Rosalie megkérdezte.

"Ööö, igen, én vagyok ő - reinkarnálódva."

Rosalie felnevetett. "Azt hittem, már mindent hallottam. Nos, örülök, hogy megismerhetlek, Charles."

Hangos kopogás hallatszott a bejárati ajtón.

Néhány másodperccel később csizmás lábak törtek utat a folyosón Sam tiltakozása ellenére.

"Rosalie - szólalt meg a két férfi közül a zömökebbik a csukott ajtón keresztül. "Ideje visszatérni az otthonba. Szükséged van a gyógyszereidre, úgyhogy gyere ki, vagy be kell jönnünk érted."

Rosalie felállt: "Úgy látszik, mindent elmondtam, amit tudnod kellett, és még az utolsó pillanatban". Az ajtóhoz sétált, kinyitotta, és a kísérőkkel együtt távozott.

Egy percig a mentőautó hátuljában, aztán a fehér szobában. A polcok és a könyvek ugyanazok voltak, de a szag nem. Azelőtt nem volt szag, de most már rossz volt. Büdös. Undorító. Mint a fehérítő és a záptojás.

A falon keresztül három, tetőtől talpig feketébe öltözött nő lépett be. Haj helyett kígyók voltak rajtuk. És még több kígyó kúszott fel és alá a karjukon. Rárepültek a nőre. Denevérszerű szárnyaik ellentétben álltak a szoba tisztaságával és fehérségével. Vér habzott a szemükből, ahogy az ostoraikat suhintották a lány irányába.

Bűzük pedig elviselhetetlen volt.

"Mondd el, amit tudni akarunk - dorgálták a fúriák egyhangúan.

"Nem tudom, mit kérdeztek tőlem - mondta Rosalie az orrát befogva.

WHIP.

Az ostorcsattogás súrolta a bőrt az öregasszony arcán. Amikor megérintette az arcát, és a kezére nézett, az csupa vér volt.

"Tudod - mondta Allie, miközben ő és a testvérei ismét az idős nő közelében suhintottak az ostorral.

"Nem tudom, mire gondolsz."

Egy könyvespolc felborult. Ha nem lett volna a gyorsan mozgó létra, Rosalie összenyomódott volna alatta.

HIPP.

Álmodom, gondolta Rosalie. Fel kell ébrednem. MOST kell felébrednem, és el kell tűnnöm ezektől a szörnyű büdös teremtményektől.

Egy újabb könyvespolc dőlt le.

Aztán még egy. És még egy.

Hamarosan a létra is a padlónak csapódott és pattogott. Egyszer, kétszer, háromszor. Aztán darabokra tört.

"Jaj, ne!" Rosalie felkiáltott.

"Elmondod nekünk, szerelmem" - követelte Tisi, miközben felemelte az idősebb nőt a földről, miközben kígyózó karjai köré tekeredtek.

Rosalie lába bizonytalanul lógott. Miközben a kígyók szorosabbra fogták a felsőtestét.

"Vigyázz, húgom, még szívrohamot kap tőled - rikoltotta Meg, közelebb húzódva Rosalie-hoz. "Add meg nekünk, amit akarunk, szerelmem".

"Nem mondok nektek semmit. Nem számít, mit teszel velem" - mondta Rosalie.

Olyan bátor volt. Mert tudta, hogy nincs egyedül. Lia ott volt, és figyelt.

"Ez teljes időpocsékolás" - mondta Allie, miközben egy ostort küldött a levegőbe, és egy egész könyvespolc-falat lecsapott. Néhány szárnyas könyv küzdött, hogy kijusson a polcok alól. Az egyik megpróbált repülni az egyetlen megmaradt szárnyával.

Tisi a túlsó fal felé fordult, és lángra lobbantotta a könyveket. Dominószerűen zuhantak szegény Rosalie-ra, akit az égő könyvek alá temettek.

A fúriák hangosan és büszkén nevettek.

Rosalie gondolatban Lia nevét kiáltotta. Hol vagy Lia, kérdezte. Hol vagy kicsikém?

Visszatérve a házba, E-Z kinyitotta a laptopját. "Oké, volt alkalmunk aludni rá egyet. Mindannyian egyetértünk abban, hogy nincs más választásunk, mint harcolni a Fúriákkal?"

Lia és Alfréd bólintott.

"És meg kell szereznünk a többi gyereket, és ide kell hoznunk őket. Hárman vagyunk és hárman vannak. Lia, te menj Phoenixbe - Little Dorrit el tud vinni téged, vagy repülhetsz egy repülővel."

"Én inkább Kicsi Dorritot választom."

"Oké, az első gyerek el van rendezve. Bár nem tudjuk a nevét, és azt sem, hogy pontosan hol van Phoenixben, Arizonában. És ezt a szüleivel kell tisztáznod. Ez nem lesz könnyű, hiszen tudatni kell velük, hogy milyen veszélybe kerül a gyerekük."

"Igen, további részleteket kell megtudnom Rosalie-tól."

"Alfred, te elmehetsz Japánba. Azt javaslom, hogy repülj - a logisztikát még ki kell dolgoznunk. Vissza kell repülnöd a gyerekkel, ami feltételezi, hogy a szülei engedélyt adnak rá. Megint csak szükségünk van konkrétumokra Rosalie-tól, hogy hol van a gyerek. És lesz egy nyelvi akadály, hacsak nem tudsz japánul?"

Alfred megrázta a fejét.

"Majd szerzek egy tolmácsot."

"Szerzünk neked egy telefont, és felteszel rá egy alkalmazást, ami elvégzi helyetted a fordítást. Lesz egy kis tanulási folyamat" - mondta E-Z. "Főleg, mivel nincsenek ujjaid."

"Nekem jól hangzik" - mondta Alfréd. "Pronto el kell kezdenem dolgozni a telefonnal. Nem tarthat sokáig, mire rájövök. Addig is Rosalie elmondhatja a gyereknek, hogy én egy hattyú vagyok - így nem fognak elájulni, amikor először meglátnak."

"Ez jó ötlet" - mondta Lia. "De hogyan fogsz gépelni?"

"Használhatom a csőrömet."

"Vagy egy hangvezérelt programmal" - mondta E-Z.

"Király" - mondta Lia és Alfréd egybehangzóan.

"Én pedig elrepülök Ausztráliába. A gyerekkel együtt szállok fel a visszainduló gépre, de gyorsabb lesz, ha egyenesen oda megyek. Ja, és még valami, ki kell találnunk magunknak egy csapóajtót. Valahogy kijuthatunk - arra az esetre, ha egyikünket vagy többünket elkapnák, vagy megölnének, vagy megsérülnénk. Mindenre fel kell készülnünk. Ha meghalunk, mielőtt befejeznénk ezt a dolgot, nem marad senki, aki összeszedné a darabokat."

"Az arkangyalok" - dadogta Lia, majd megtorpant. Megborzongott, aztán nem kapott levegőt. Magába csavarta a karját.

"Jól vagy?" E-Z kérdezte.

"Shhh" - mondta a lány. Sem a szobában, sem az elméjében nem hallatszottak hangok, abszolút és teljes csend volt. A szívverése visszatért a normális szintre, ahogy a légzése is.

"Téves riasztás" - mondta. "Azt hittem, valami baj van, mintha SOS-t kaptam volna, de most úgy tűnik, minden rendben van".

"Gyakran történik ilyen?" Alfréd érdeklődött.

"Nem" - mondta Lia.

"Oké, kezdjük el az ötletelést" - mondta E-Z. És a nap hátralévő részét azzal töltötték, hogy listát állítottak össze, lenullázva, mi romolhat el, és mi mehet jól.

Elmentek a szobájukba és aludtak.

Rosalie kivételével mindenki számára békés éjszaka volt.

Rosalie, akinek a hangját nem hallották.

Akinek a hangjára nem válaszoltak.

Nem érkezett segítség.

A Fehér Szoba elpusztult.

Senki sem jött, hogy megmentse Rosalie-t.

A gonosz fúriáktól.

MEGJEGYZÉS:

Kedves olvasóink!

Köszönjük, hogy elolvasták az E-Z Dickens sorozat harmadik könyvét... Sajnálom a szomorú befejezést, de néha megesik az ilyesmi.

Az utolsó könyv hamarosan elérhető lesz!

Még egyszer köszönöm mindazoknak, akik segítettek abban, hogy ez a sorozat a lehető legjobb legyen, mint például a bétaolvasóim, a korrektoraim és a szerkesztőim. Dicséret!

A barátaimnak és a családomnak köszönöm a bátorítást és a támogatást.

És mint mindig, jó olvasást!

Cathy

Cathy

Cathy a kanadai Ontarióban él és ír.

Ha szeretnél neki e-mailt küldeni, a címe a következő:

cathy@cathymcgough.com.

Szeret hallani az olvasóiról!

További: